Hein Ennak

Hajo erzählt

Weihnachtsgeschichten

Konzeption/Koordination: Hein Ennak, Hamburg
Layout und Cover: Hein Ennak, Hamburg

Bibliografische Information der Deutschen Nationalbücherei: Die Deutsche Nationalbücherei verzeichnet diese Publikation in der Deutschen Nationalbibliografie; detaillierte bibliografische Daten sind im Internet über www.dnb.de abrufbar.

© 2024 Hein Ennak   (hein.ennak@t-online.de)

Verlag: BoD • Books on Demand GmbH, In de Tarpen 42, 22848 Norderstedt
Druck: Libri Plureos GmbH, Friedensallee 273, 22763 Hamburg
ISBN: 978-3-7597-6729-5

Widmung

Für meine liebe Ellen,

In jeder Zeile dieses Buches spiegelt sich Deine Liebe und Geduld. Ohne dich an meiner Seite wären diese Geschichten unvollendet geblieben. Danke für Deine unermüdliche Unterstützung und die Inspiration, die du mir jeden Tag schenkst.

In Liebe,
Dein Hein Ennak

Hamburg, im September 2024

Inhaltsverzeichnis

Der Schneemann Schneeflöckchen 7
Der Gast am Heiligen Abend 18
Wie ist Weihnachten entstanden? 24
Herr Murrmanns Weihnachtswunder 25
Der Weihnachtsstern 30
Glitzer und das Weihnachtsabenteuer 31
Josephs stille Nacht 36
Über Joseph 39
Weihnachten bei den Chaos-Elfen 43
Die Schneekugel 59
Schnee 72
Das Geheimnis des Antiquariats 73
Warum fängt Weihnachten am 24. Dezember an? 81
Das Leuchten des ewigen Eises 83
Edna, die Eulenwächterin 96
Biographie des Weihnachtsmanns 105
Das Weihnachtswunder im Tierwald 108
Der Weihnachtsgeist 120
Wer oder was ist der Weihnachtsgeist? 126
Mäusezauber zu Weihnachten 128
Der Stern von Bethlehem 146
Das stille Leuchten 150
Das Geheimnis des Weihnachtsmarktes 163
Was ist eine Weihnachtshexe? 172
Die Weihnachtshexe 174

Liebe Leserinnen und Leser,

willkommen in einer Welt der Weihnachtswunder, in der jede Schneeflocke ihre eigene Geschichte erzählt und jedes Glöckchen zum Träumen einlädt. In diesem Buch entfalten sich Erzählungen, die das Wesen der Weihnachtszeit einfangen – Geschichten, die gleichermaßen die Herzen von Kindern und Erwachsenen berühren, ideal zum Selbstlesen und Vorlesen.

Unsere Reise durch diese Seiten ist eine Einladung, die Wärme und Freude dieser besonderen Jahreszeit zu teilen.

Machen Sie es sich gemütlich, genießen Sie die Momente des Beisammenseins und lassen Sie sich von diesen Seiten in eine Welt entführen, die ganz von den Wundern und der Freude der Weihnachtszeit erfüllt ist.

Frohes Fest und zauberhafte Lesestunden wünscht Ihnen

Hein Ennak

Der Schneemann Schneeflöckchen

Es war kurz vor Weihnachten in der kleinen Stadt Witzlingen, und die Straßen waren mit Lichtern und festlichen Dekorationen geschmückt. Überall konnte man die Vorfreude auf das Fest spüren. Peter, ein aufgeweckter Junge von zehn Jahren, war besonders aufgeregt. Vor Wochen hatte er seine Wunschliste für den Weihnachtsmann geschrieben und sie nach Himmelpforten geschickt. Jede Nacht ging er ins Bett, in der Hoffnung, dass seine Wünsche in Erfüllung gehen würden. An einem kalten Dezembermorgen wachte Peter auf und sah aus dem Fenster. Der Schnee bedeckte die Landschaft, und der Himmel war von einem strahlenden Blau. Peter konnte es kaum erwarten, nach draußen zu gehen und im Schnee zu spielen. Doch bevor er das tun konnte, bemerkte er etwas Seltsames auf seiner Veranda.

Ein wunderschön verpacktes Paket, größer als jedes Geschenk, das er je gesehen hatte, lag dort. Peter eilte hinaus, um den Karton genauer zu betrachten. Es war in glitzerndes Geschenkpapier gehüllt und

mit einer leuchtend roten Schleife verziert. Das Merkwürdigste daran war, dass es keinen Absender hatte. Niemand schien zu wissen, wie es dort hingekommen war.

Peter war gleichzeitig neugierig und aufgeregt. Mit zitternden Händen hob er das Paket auf und trug es ins Haus. Seine Eltern waren genauso überrascht wie er, als sie es sahen. Gemeinsam beschlossen sie, das Rätsel des geheimnisvollen Pakets zu lösen. War es ein Geschenk für Peter? Und wenn ja, von wem?

Die Familie setzte sich um das Paket und begann darüber zu spekulieren, woher es kommen könnte. War es vom Weihnachtsmann selbst? Oder von einem geheimnisvollen Fremden? Die Fragen wirbelten in Peters Kopf herum, und die Vorfreude auf Weihnachten wurde noch intensiver.

„Wir sollten es öffnen", schlug Peter vor. Seine Eltern stimmten zu, und gemeinsam entfernten sie vorsichtig das glitzernde Geschenkpapier. Als das Papier fiel, offenbarte sich ein weiteres Rätsel: ein

Karton, der fest verschlossen war und kein Etikett trug. Peter holte tief Luft und öffnete die Verpackung.

Mit klopfendem Herzen machte Peter den Karton auf. Als er den Deckel hob, stieg plötzlich eine dichte Wolke aus frostigem Rauch auf. Er hustete und fächelte, um den Dampf zu vertreiben. Als sich der Nebel lichtete, konnte er seinen Augen kaum trauen.

Vor ihm stand ein lebendiger Schneemann. Sein Körper bestand aus glitzerndem, weißem Schnee, und seine Karottennase leuchtete in einem lebhaften Orange. Er hatte Kohlestücke als Augen und ein breites Lächeln aus schwarzen Stei-

nen. Seine Arme waren aus dünnen Ästen gestaltet, und er trug einen alten Zylinderhut auf dem Kopf. Sein Körper, geformt aus frischem Schnee, war mit einem bunten Schal geschmückt.

Der Schneemann schien regelrecht vor Leben zu sprühen. Peter rieb sich die Augen und konnte sein Staunen nicht verbergen.

„Wow!", stammelte Peter, der voller Bewunderung auf den lebendigen Schneemann starrte.

„Wer bist du?", fragte er.

Der Schneemann neigte seinen Kopf in einer freundlichen Geste. „Ich bin Schneeflöckchen, dein neuer Freund!", antwortete er mit einer fröhlichen Stimme, die klang, als ob Glöckchen läuteten.

Peter konnte seinen Augen und Ohren kaum trauen. Er war sprachlos, aber sein Herz fühlte sich warm und fröhlich an.

„Hallo, Schneeflöckchen", erwiderte er und lächelte. „Ich bin Peter."

Schneeflöckchen sprühte vor Lebensfreude und erklärte, wie er in das geheimnisvolle Paket gekommen war. „Ich bin ein besonderer Schneemann, der in der Winterwelt lebt", erzählte er. „Aber ich habe

einen Zauber, der es mir erlaubt, zu dir zu kommen und dich glücklich zu machen."

Peter war sprachlos. Er konnte kaum glauben, dass er einen lebendigen Schneemann in seinem Wohnzimmer hatte. „Aber wie ist das möglich?", stammelte er.

Schneeflöckchen erzählte ihm seine fantastische Geschichte. Vor vielen Jahren war er durch einen Zauber zum Leben erweckt worden und hatte seitdem die Winterwelt bereist. Er war nicht nur lebendig, sondern ein Meister im Streiche spielen. In diesem Jahr hatte er beschlossen, seine Späßchen in der kleinen Stadt Witzlingen zu treiben, aber er hatte sich in der Adresse geirrt und landete stattdessen bei Peter.

Schnell wurden die beiden Freunde. Er erzählte Peter von seinen lustigsten Streichen, die er in der Winterwelt gespielt hatte. Sie beschlossen, gemeinsam Schelmenstücke in der ganzen Stadt zu spielen. Sie veränderten Briefkästen in Schneemänner, ließen Schneebälle im Schlafzimmer der Nachbarn schweben und zauberten einen riesigen Schneemann im Park, der plötzlich anfing, zu tanzen. Sie ließen Schneebälle auf Passanten regnen, versteckten sich in Schneehaufen und überraschten die

Menschen mit ihrem lebendigen Schneemann-Freund.

In den folgenden Tagen verwandelten Peter und Schneeflöckchen die Stadt Witzlingen in ein winterliches Abenteuerland. Sie tobten durch den frisch gefallenen Schnee, bauten Schneeburgen und spielten Streiche an jeder Ecke. Sie verzauberten die Bewohner von Witzlingen mit ihren lustigen Aktionen und zauberten Lachen und Freude in die Herzen aller. Die Einwohner hatten eine wundervolle Zeit und lachten herzlich über die Streiche von Peter und Schneeflöckchen.

Die Tage vergingen und Weihnachten rückte näher. Doch die Streiche hörten nicht auf. Peter und sein neuer Freund hatten so viel Spaß dabei, Freude in die Herzen der Menschen zu bringen, dass sie beschlossen, die Tradition auch in den kommenden Jahren fortzusetzen.

∿∿

Peter und Schneeflöckchen hatten in der kleinen Stadt Witzlingen eine Spur der Freude und des Lachens hinterlassen. Die Bewohner hatten sich an die Streiche gewöhnt und warteten gespannt auf

das nächste lustige Abenteuer von Peter und seinem lebendigen Schneemann-Freund.

Am Heiligabend war die ganze Stadt in festlicher Stimmung. Die Straßen waren mit Lichtern geschmückt, die Kirchenglocken läuteten, und der Duft von Schweinebraten und Plätzchen lag in der Luft. Überall strahlten die Menschen vor Vorfreude und Liebe.

Peter und Schneeflöckchen saßen zusammen vor dem Kamin und starrten in die lodernden Flammen. Er war ein wenig traurig, weil er wusste, dass sein Freund bald wieder in die Winterwelt zurückkehren musste. Aber er war dankbar für die wunderbare Zeit, die sie miteinander verbracht hatten.

„Du wirst mir fehlen", sagte Peter leise.

Schneeflöckchen lächelte traurig. „Ich werde dich auch vermissen, mein Freund. Aber denk daran, wir werden uns in jedem Winter wiedersehen."

Die beiden verbrachten den Heiligabend damit, Geschichten zu erzählen und Weihnachtslieder zu singen. Sie schauten aus dem Fenster und sahen, wie die Schneeflocken sanft zu Boden fielen. Die Welt draußen verwandelte sich in ein winterliches

Wunderland, und Peter wusste, dass es Zeit für Schneeflöckchen war zu gehen.

Mit einem letzten herzlichen Abschied umarmten sie sich, und Schneeflöckchen trat in den Garten. Langsam verwandelte er sich wieder in einen gewöhnlichen Schneemann. Peter und seine Eltern beobachteten, wie der Schnee sich um ihn herum legte und ihn bedeckte, bis nur noch ein glänzender Zylinderhut aus der weißen Decke ragte.

Der Weihnachtsmorgen brach an, und die Sonne schien über das winterliche Witzlingen. Peter öffnete sein Geschenk vom Weihnachtsmann und fand darin eine kleine Schneemannfigur. Es erinnerte ihn an die unvergessliche Freundschaft mit Schneeflöckchen.

Die Bewohner von Witzlingen feierten ein fröhliches und herzliches Weihnachtsfest, und sie erkannten, dass der wahre Zauber von Weihnachten nicht nur in Geschenken und Traditionen liegt, sondern in der Liebe und Freundschaft, die sie miteinander teilen. Und sie freuten sich auf den nächsten Winter, wenn Peter und Schneeflöckchen wieder gemeinsam lustige Streiche spielten und die Stadt in ein Winterwunderland verwandelten.

So endete die unvergessliche Weihnachtsgeschichte von Peter und seinem lebendigen Schneemann-Freund Schneeflöckchen.

∿

Ach ja, da kommt noch was …

Nachdem Schneeflöckchen zurück in seine Winterwelt gegangen war, verging das Jahr, und die Bewohner von Witzlingen konnten es kaum erwarten, dass der nächste Winter kam. Die Erinnerungen an die Streiche und das herzliche Lachen, das Schneeflöckchen gebracht hatte, hatten ihre Herzen erwärmt und ihre Vorfreude auf Weihnachten verstärkt.

Peter und seine Freunde hatten die lustigen Geschichten von Schneeflöckchen in der Stadt weitererzählt, und die Menschen sehnten sich danach, den lebendigen Schneemann im nächsten Winter wiederzusehen. Die Kinder in Witzlingen freuten sich darauf, den Gast kennenzulernen und gemeinsam mit ihm lustige Abenteuer zu erleben.

Als der erste Schnee des neuen Winters fiel, spürte die Stadt eine besondere Magie in der Luft. Die Bewohner schmückten ihre Häuser und warteten gespannt darauf, was die festliche Jahreszeit bringen würde.

Und dann, an einem klaren und frostigen Dezemberabend, geschah es wieder: Rauch stieg aus einem geheimnisvollen Paket auf, das auf Peters Veranda stand. Peter konnte es kaum fassen. Er war zurückgekehrt!

Schneeflöckchen sprang fröhlich aus dem Paket und begrüßte Peter mit einem breiten Lächeln. „Ich konnte es kaum erwarten, zurückzukommen und mit dir und deinen Freunden den Winter zu feiern!", rief er aus.

Peter und der Schneemann begannen sofort, ihre lustigen Streiche zu planen. Sie tobten durch die verschneiten Straßen, spielten Schneeballschlachten und zauberten Schneeskulpturen in die Gärten der Nachbarn. Die Bewohner der Stadt waren begeistert von Schneeflöckchens fröhlichem Wesen und seiner Fähigkeit, Freude und Lachen zu verbreiten.

In den folgenden Wochen füllte er die Stadt mit einer besonderen Faszination. Die Kinder in Witzlingen hatten den Winter ihres Lebens und erkannten, dass der wahre Zauber von Weihnachten in den gemeinsamen Momenten der Freude und des Lachens lag. Schneeflöckchen hatte ihnen diese wichtige Lektion beigebracht, und sie würden sie nie vergessen.

Heiligabend verabschiedete er sich erneut von seinen Freunden. Sie versprachen sich, sich im nächsten Winter wiederzusehen und weitere Abenteuer zu erleben.

Und so endete die Geschichte von Peter und Schneeflöckchen, aber ihre Freundschaft und die Erinnerung an die zauberhaften Winter blieben für immer in ihren Herzen.

Der Gast am Heiligen Abend

Es war der Nachmittag des 24. Dezember, und unser Haus glich einem fröhlichen, wenn auch leicht chaotischen, Weihnachtswunderland. Überall hingen glitzernde Dekorationen, die so aussahen, als hätten sie einen kleinen Krieg mit dem Lametta überlebt. Der Weihnachtsbaum stand majestätisch, wenn auch etwas schief im Wohnzimmer – ein stiller Tribut an unseren familiären Hang zur „Perfektion". Nachdem wir den letzten Schmuck angebracht hatten – einen Engel, der aussah, als hätte er zu tief ins Glühweinfass geschaut –, zog ich mich für eine Pause zurück.

Mit einer Tasse Tee, die verdächtig nach etwas Stärkerem roch und einem Buch, das ich schon dreimal gelesen hatte, ließ ich mich in meinen Sessel fallen, der mit jedem Weihnachten mehr an Form verlor. Ich versuchte, mich in die Welt der Literatur zu flüchten, doch dann hörte ich ein Geräusch aus dem Wohnzimmer, das klang wie eine Mischung aus einem stolpernden Rentier und einem überraschten Elfen. Ich dachte zuerst, es sei unser Kater, Herr Chaos, der sein jährliches Baumschmück-Ritual, oder besser gesagt: Baument-

schmückungsritual, vollzog. Aber das Geräusch klang zu groß und zu unbeholfen für ein vierbeiniges Fellknäuel.

Getrieben von Neugier und der bangen Ahnung, dass unser Weihnachtsbaum seinen letzten glitzernden Atemzug getan hatte, schlich ich die Treppe hinunter. Jede Stufe quietschte auf ihre eigene, festliche Weise, fast so, als wolle sie „Stille Nacht" in Quietsch-Dur spielen. Ich bewegte mich mit der Anmut eines Elefanten auf Zehenspitzen, bemüht, kein weiteres Aufsehen zu erregen.

Als ich das Wohnzimmer erreichte, stockte mir der Atem – und das lag definitiv nicht nur an der üppigen Weihnachtsdekoration. Nein, mitten im Raum stand der Weihnachtsmann, umgeben von einem Meer aus Lametta und funkelnden Lichtern. Er war durch die offene Terrassentür hereingeschlichen und hatte offensichtlich nicht damit gerechnet, auf frischer Tat ertappt zu werden.

Unsere Blicke trafen sich, und für einen Moment waren wir beide wie in einer Komödie gefangen. Dann brach der Weihnachtsmann das Schweigen, ließ ein leises „Ho, ho, ho" hören, dass mehr nach

einem überraschten Räuspern klang, und setzte ein breites Grinsen auf.

„Sie sind aber früh dran", flüsterte ich, irgendwie

zwischen Amüsement und Verwunderung schwankend.

„Ja, dieses Jahr bin ich etwas zu früh", gab der Weihnachtsmann zu, während er sich peinlich berührt am Bart zupfte. „Ich wollte sicherstellen, dass alle Geschenke rechtzeitig da sind, bevor ihr mit der Bescherung beginnt. Außerdem wollte ich dem Verkehrschaos ausweichen. Sie wissen ja, Rudolph mit seiner roten Nase ist nicht gerade der beste Navigator."

Sein Schmunzeln und die leichte Röte, die sich unter seinem weißen Bart abzeichnete, machten ihn auf einmal menschlich. Ich konnte mir ein Kichern nicht verkneifen, während ich mir vorstellte, wie der Weihnachtsmann versuchte, einem Rentier-GPS

zu folgen, das nur „Links abbiegen bei der nächsten Wolke" sagte.

Was dann folgte, könnte man getrost als eine Episode aus einer Weihnachtskomödie beschreiben. Ich, ein zufälliger Komplize des Weihnachtsmanns, half ihm, die Geschenke strategisch unter dem Baum zu verteilen. Dabei mussten wir einige akrobatische Manöver vollführen, um nicht in den Lichterketten hängen zu bleiben oder von Weihnachtskugeln überrascht zu werden, die wie kleine, verräterische Minen auf uns herunterfielen.

Während wir so beschäftigt waren, erzählte mir der Weihnachtsmann die wildesten Geschichten. Von einem Haus in Italien, wo er von einer Nonne mit einem Nudelholz fast verhauen wurde, bis hin zu einem Vorfall in Australien, wo ein Känguru versuchte, sich in seinen Schlitten zu schmuggeln. Ich lachte so, dass ich kaum atmen konnte, besonders bei der Geschichte, wie er einmal versehentlich den falschen Schornstein hinuntergerutscht war und in einer Saunaparty landete.

Als alles fertig war, zwinkerte mir der Weihnachtsmann mit einem verschmitzten Lächeln zu, das verriet, dass er unsere gemeinsame Verschwörung genoss. Dann verschwand er so leise, wie er

gekommen war, wahrscheinlich um seine nächste chaotische Bescherung fortzusetzen.

Ich kehrte in mein Zimmer zurück, mein Herz noch immer voller Lachen über unser kleines Abenteuer. Ich konnte kaum glauben, was soeben passiert war – es fühlte sich an wie ein Traum, aber die umgekippten Kekse auf dem Boden im Wohnzimmer bewiesen das Gegenteil.

Später am Abend, als meine Familie zusammenkam und wir die Geschenke auspackten, konnte ich mir ein Schmunzeln nicht verkneifen. Jedes Mal, wenn jemand ausrief, „Oh, der Weihnachtsmann hat sich dieses Jahr selbst übertroffen!", musste ich an unsere heimliche Aktion denken. „Der Weihnachtsmann hat dieses Mal besonders gute Arbeit geleistet", sagte ich mit einem Wissen, das nur ich teilte.

Erst nach der Bescherung erzählte ich meiner Familie von meinem weihnachtlichen Abenteuer. Natürlich glaubte mir niemand – alle lachten darüber, für die war es nur eine „lustige Weihnachtsgeschichte". Aber ich musste noch oft an diesem Abend über diese kurze, aber urkomische Begegnung mit dem Weihnachtsmann schmunzeln. Sie

wurde zu einer meiner liebsten Weihnachtserinne-
rungen.

So wurde die Geschichte vom unerwarteten Gast,
Teil unserer Familienlegende – ein Ereignis, das
wir jedes Jahr an Heiligabend erzählen würden.

Wie ist Weihnachten entstanden?

Weihnachten, ein Fest voller Wärme und Licht in der kalten Jahreszeit, hat seine Wurzeln in antiken Traditionen und religiösen Feierlichkeiten. Ursprünglich als christliches Fest zur Geburt Jesu Christi etabliert, hat es sich über die Jahrhunderte zu einem weltweit gefeierten Ereignis entwickelt, das sowohl religiöse als auch kulturelle Elemente vereint. Frühe Bräuche wie das Julfest, ein mittwinterliches Fest der Germanen und Skandinavier, beeinflussten ebenfalls die Entstehung von Weihnachten. Mit dem Aufkommen des Christentums wurden viele dieser heidnischen Rituale in das Weihnachtsfest integriert, um die Verbreitung des neuen Glaubens zu erleichtern. Heute ist Weihnachten ein Symbol für Frieden, Familie und Nächstenliebe, geprägt von Traditionen wie dem Schmücken des Weihnachtsbaums, dem Austausch von Geschenken und dem Zusammenkommen mit geliebten Menschen.

Herr Murrmanns Weihnachtswunder

In dem kleinen, verschneiten Dorf Schneeflocken-hausen gab es einen Mann, der Weihnachten mehr als alles andere hasste. Sein Name war Herr Murr-mann, und er war bekannt für sein mürrisches We-sen und seine tiefe Abneigung gegen jegliche Form von Fröhlichkeit, insbesondere während der Weih-nachtszeit.

Herr Murrmann lebte in einem alten, knarrenden Haus am Rande des Dorfes, weit entfernt von den bunt geschmückten Häusern und den fröhlichen Liedern, die durch die Straßen hallten. Jedes Jahr, wenn die ersten Schneeflocken fielen, zog sich Herr Murrmann tiefer in sein Haus zurück, um dem Fest zu entkommen.

Doch dieses Jahr war anders. Herr Murrmann hatte einen Plan. „Wenn ich schon Weihnachten nicht stoppen kann, dann werde ich es ihnen we-nigstens verderben", murmelte er, während er in seinem dunklen Wohnzimmer saß, umgeben von al-ten Büchern und merkwürdigen Artefakten.

Er beschloss, sich als Weihnachtsmann zu verkleiden und den Dorfbewohnern Geschenke zu machen, die so makaber und seltsam waren, dass sie das Fest für immer ruinieren würden. Herr Murrmann begann, in seinem geheimnisvollen Keller zu arbeiten, wo er all die Jahre über kuriose Gegenstände gesammelt hatte. Jedes Geschenk, das er vorbereitete, war sorgfältig darauf ausgelegt, die kleinen Ängste und Geheimnisse der Dorfbewohner zu enthüllen.

Am Heiligabend, als das ganze Dorf in festlicher Stimmung war, schlich sich Herr Murrmann, verkleidet als Weihnachtsmann, durch die verschneiten Straßen. Sein Sack war gefüllt mit den ungewöhnlichsten Geschenken, die man sich vorstellen konnte.

Das erste Haus auf seiner Liste war das des Bürgermeisters, Herrn Fröhlich, der für seine unerschütterliche Liebe zu Weihnachten bekannt war. Herr Murrmann kicherte, als er sich vorstellte, wie der Bürgermeister auf sein Geschenk reagieren würde – eine Schneekugel, die bei genauerem Hinsehen ein winziges Modell von Schneeflockenhausen zeigte, in dem ein kleiner Murrmann den Weihnachtsbaum des Bürgermeisters zerstörte.

Herr Murrmann setzte seine nächtliche Tour fort, jedes Geschenk hinterließ er heimlich an der Tür. Mit jedem Haus, das er besuchte, wuchs sein Gefühl der Genugtuung. Bald würde das ganze Dorf wissen, was es hieß, ein Weihnachten zu erleben, das sie nie vergessen würden.

Als der erste Lichtstrahl des Weihnachtsmorgens durch die Vorhänge des Bürgermeisterhauses schlich war Herr Fröhlich der Erste, der erwachte. Mit einem breiten Lächeln auf dem Gesicht eilte er, gefolgt von seiner neugierigen Familie, zum glitzernden Weihnachtsbaum. Doch was sie dort vorfanden, ließ ihr Lächeln erstarren.

Die Schneekugel, die Herr Murrmann hinterlassen hatte, glänzte unheilvoll im Kerzenlicht. Als Herr Fröhlich sie aufhob und genauer betrachtete, wechselte sein Gesichtsausdruck von Verwunderung zu Entsetzen. Die anderen Familienmitglieder versammelten sich um ihn, ihre Augen weiteten sich beim Anblick der winzigen Katastrophe in der Kugel.

Doch dies war erst der Anfang. Im ganzen Dorf erwachten die Menschen und fanden ähnlich verstörende Geschenke vor ihren Türen. Frau Müller,

die stets stolz auf ihren prächtigen Garten war, erhielt ein Bonsaibäumchen, das bei näherer Betrachtung aus ihren geliebten, aber sorgfältig gestutzten Pflanzen bestand.

Der junge Max, bekannt für seine Angst vor Spinnen, fand ein Buch über exotische Spinnenarten, dessen Seiten beim Öffnen lebensechte Spinnenbilder zeigten, die sich zu bewegen schienen.

Und so ging es weiter, von Haus zu Haus. Mit jedem Geschenk, das ausgepackt wurde, breitete sich eine Mischung aus Verwirrung, Furcht und Ungläubigkeit im Dorf aus. Die fröhliche Stimmung des Weihnachtsmorgens verwandelte sich in eine gespenstische Stille.

Herr Murrmann, der sich heimlich unter die Menge gemischt hatte, beobachtete mit einem schiefen Grinsen das Chaos, das er angerichtet hatte. Er hatte erwartet, Freude in Frustration zu verwandeln, doch was er sah, war etwas viel Tieferes: ein Dorf, das mit seinen tiefsten Ängsten konfrontiert wurde.

Aber dann geschah etwas Unerwartetes. Anstatt sich von den seltsamen Geschenken entmutigen zu lassen, begannen die Dorfbewohner, sich zusam-

menzutun. Sie trafen sich auf dem Dorfplatz, jeder mit seinem bizarren Geschenk in der Hand und begannen, ihre Erfahrungen zu teilen.

Herr Fröhlich, noch immer mit der Schneekugel in der Hand, ergriff das Wort.

„Vielleicht", sagte er zögernd, „sind diese Geschenke eine Erinnerung daran, dass wir alle Ängste und Geheimnisse haben. Aber heute, an Weihnachten, sind wir hier zusammen, um uns gegenseitig zu unterstützen."

Einer nach dem anderen traten die Dorfbewohner vor, erzählten ihre Geschichten und lachten sogar über die absurden Geschenke. Was als dunkler Scherz gedacht war, verwandelte sich in eine unerwartete Demonstration von Gemeinschaft und Zusammenhalt.

Herr Murrmann, der am Rande der Menge stand, spürte, wie sich sein Grinsen allmählich in eine ungewohnte Empfindung verwandelte – war es Bewunderung? Oder gar ein Hauch von Reue? Er begann zu begreifen, dass sein Plan, das Weihnachtsfest zu ruinieren, sich zu etwas Größerem entwickelt hatte.

Der Weihnachtsstern

Der Weihnachtsstern, bekannt für seine leuchtend roten Blätter, die an die Weihnachtszeit erinnern, hat eine faszinierende Geschichte. Ursprünglich stammt die Pflanze aus den tropischen Regionen Mexikos, wo sie als ‚Cuetlaxochitl' bekannt war und von den Azteken wegen ihrer leuchtenden Farbe und ihres winterlichen Blühens geschätzt wurde. Im 17. Jahrhundert entdeckten spanische Missionare die Pflanze und integrierten sie in ihre Weihnachtsrituale, da ihre roten Blätter symbolisch für das Blut Christi standen. Der moderne Name ‚Weihnachtsstern' und seine weltweite Popularität gehen jedoch auf den amerikanischen Botaniker und ersten US-Botschafter in Mexiko, Joel Roberts Poinsett, zurück. Poinsett brachte die Pflanze im frühen 19. Jahrhundert nach Amerika, wo sie bald als dekoratives Element in der Weihnachtszeit Anklang fand und ihren festlichen Namen erhielt.

Der Weihnachtsstern

Glitzer und das Weihnachtsaben-
teuer

In der Ecke des Wohnzimmers, hoch oben im Tannenbaum, hing Glitzer, die Diva unter den Weihnachtskugeln. Mit ihrem schimmernden Rot, das im Kerzenlicht wie eine Discokugel im Studio 54 funkelte, war sie die unangefochtene Königin des Baumes. Über die Jahre hinweg hatte sie ein beeindruckendes Portfolio an kleinen Kratzern und Macken gesammelt – jeder ein Abzeichen ihrer Überlebenskünste.

Unter ihr spielte sich das jährliche Drama der Familie Müller ab, ein Spektakel, das kein Netflix-Marathon toppen konnte. Glitzer, die selbst ernannte Kommentatorin des Ganzen, liebte es, ihr Publikum – die anderen Weihnachtsbaumdekorationen – mit sarkastischen Bemerkungen zu unterhalten.

Dieses Jahr gab es eine neue Hauptdarstellerin: Whiskers, die flauschige, weiße Familienkatze, ein Fellknäuel auf vier Pfoten, das an Unfug und Neugier nicht zu überbieten war. Während die Familie

Müller mit den Weihnachtsvorbereitungen beschäftigt war, startete Whiskers ihre eigene Mission: den Mount Everest des Wohnzimmers zu erklimmen – den Weihnachtsbaum.

Glitzer, die schon viele Weihnachten überstanden hatte, darunter heimliche Geschenköffnungen und Fast-Katastrophen mit dem Baum, sah sich einer neuen Herausforderung gegenüber: einer katzenartigen Flugakrobatin mit einer Vorliebe für glänzende Dinge.

In einem Moment der Krise rief Glitzer eine Notfallbesprechung ein. Das Engelshaar, das wie ein alter Hippie immer von Frieden und Liebe faselte, das hölzerne Zugspielzeug, das mehr quietschte, als fuhr, und die handbemalten Weihnachtsmänner, die aussahen, als hätten sie zu viel Glühwein genossen, kamen zusammen. Ihr Plan: Operation „Ablenkung".

Das Engelshaar begann, wie in einem Soft-Rock-Musikvideo der 80er Jahre, dramatisch zu schwingen. Whiskers, kurzzeitig abgelenkt, entschied sich

für eine wilde Jagd nach dem mysteriösen Schattenspiel, das das Zugspielzeug an die Wand warf.

Doch das war nur eine kurzfristige Lösung. Glitzer wusste, es brauchte mehr. Also flüsterte sie den Weihnachtsmännern Teil zwei des Plans zu: Ein Konzert der leisen Töne. Einer nach dem anderen begannen die Weihnachtsmänner zu klingeln, eine Melodie so verführerisch wie das Läuten des Eiswagens im Sommer. Whiskers, sichtlich verwirrt, folgte den Klängen wie eine Teilnehmerin in einer Spielshow.

Für einen Moment schien es, als hätte die Weihnachtsbaum-Crew das Chaos abgewendet.

Aber …

∿

Als Whiskers wieder einmal ihren Blick auf den Weihnachtsbaum richtete, bereit für eine neue Kletterpartie, hatten Glitzer und ihre weihnachtlichen Kumpanen einen letzten, verzweifelten Plan. Dieses Mal hatten sie sich etwas Besonderes einfallen lassen, inspiriert von keinem Geringeren als Trou-

badix, dem berüchtigten Barden aus den Asterix-Geschichten.

Die Weihnachtsmänner, die bisher nur mit ihren Glöckchen geklingelt hatten, holten tief Luft und begannen zu singen. Aber es war kein normales Weihnachtslied, oh nein. Es war ein Gesang, der so schief und falsch war, dass er selbst die Mäuse im Keller dazu brachte, das Haus zu verlassen.

Whiskers, die neugierige Katze, die bis dahin jedes Geräusch mit Begeisterung verfolgt hatte, hielt inne. Ihre Ohren zuckten, ihre Augen weiteten sich, und ihr Schwanz pochte unruhig auf den Boden. Der Gesang der Weihnachtsmänner war so erschreckend schräg, dass sie augenblicklich jegliches Interesse am Baum verlor.

Sie zog es vor, sich in sicherer Entfernung zu halten, und beäugte den Baum von da an mit einer Mischung aus Respekt und leichtem Entsetzen. Jedes Mal, wenn sie nur daran dachte, sich dem Baum zu nähern, begannen die Weihnachtsmänner erneut

ihren ohrenbetäubenden Gesang, und Whiskers machte, dass sie wegkam.

Glitzer und die anderen Weihnachtsdekorationen konnten ihr Glück kaum fassen. Ihr Plan hatte funktioniert, wenn auch auf eine Weise, die sie nie für möglich gehalten hätten. Der Weihnachtsbaum und all seine Bewohner waren sicher, und das alles dank des schiefen Gesangs der Weihnachtsmänner.

Und so verbrachten Glitzer und ihre Freunde ein friedliches Weihnachtsfest, frei von kletternden Katzen und anderen Katastrophen. Whiskers hingegen fand ein neues Hobby: Sie saß unter dem Klavier und lauschte den Weihnachtsliedern der Familie Müller, die, im Gegensatz zu den Weihnachtsmännern, tatsächlich melodisch klangen.

Das Weihnachtsfest der Familie Müller war gerettet, und alles dank einer Gruppe von Weihnachtsmännern, die das Singen besser den Profis hätten überlassen sollen.

Josephs stille Nacht

Joseph saß allein im kleinen, abgenutzten Zimmer, das er und Maria seit einigen Monaten ihr Zuhause nannten. Draußen glitzerten die Sterne über Bethlehem, aber in seinem Herzen herrschte eine tiefe, unruhige Stille. Seit Maria ihm von der Schwangerschaft erzählt hatte, fühlte er sich, als würde er in zwei Welten leben. Einer, in der er der zukünftige Vater, der Beschützer, der Partner war, und einer anderen, geheimnisvollen und unerklärlichen, in der er nur ein stiller Zeuge war.

Die Nachricht hatte ihn wie ein Blitz getroffen. Er liebte Maria, das stand außer Frage. Ihre Güte, ihre Stärke, ihr unerschütterlicher Glaube hatten ihn von Anfang an in ihren Bann gezogen. Aber als sie ihm von dem Engel erzählte, von der göttlichen Verkündigung, da fühlte er sich verloren. War er auserwählt? Oder war er nur ein Randakteur in einer Geschichte, die größer war als alles, was er sich vorstellen konnte?

Die Leute im Dorf flüsterten. Er hörte ihre Worte, sah ihre Blicke. In einer anderen Zeit hätte er sich von Maria abgewandt, aber etwas in ihrem

Blick, in ihrer Überzeugung, hielt ihn fest. Er beschloss, bei ihr zu bleiben, sie zu unterstützen, egal was kommen mochte. Doch in Nächten wie dieser, wenn die Stille sein Herz zu erdrücken schien, zweifelte er.

Er dachte an das Kind. Sein Kind? Gottes Kind? Wie sollte er eine Vaterrolle für ein Wesen übernehmen, das bereits so umhüllt von Geheimnissen und Prophezeiungen war? Wie sollte er Maria beistehen, wenn er selbst so voller Fragen und Ängste war?

Dann hörte er Maria im Nebenraum. Ihr Atmen war ruhig, gleichmäßig, ein leiser Rhythmus in der Dunkelheit. In diesem Moment, als er ihre Präsenz so nah und real fühlte, lösten sich seine Zweifel ein wenig. Er stand auf, trat leise an ihre Seite und sah sie an. In ihrem friedlichen Gesicht fand er einen Funken von etwas Unerschütterlichem, etwas Echtem, das ihn erdete.

Vielleicht, so dachte er, ging es nicht darum, alle Antworten zu haben. Vielleicht ging es darum, da zu sein, zu unterstützen, zu lieben – trotz aller Geheimnisse und Unwägbarkeiten. In dieser Nacht, in der Stille ihres kleinen Zuhauses, fand Joseph einen

Moment des Friedens, eine stille Akzeptanz seiner
Rolle in dieser großen, unbegreiflichen Geschichte.

Über Joseph

In der Bibel tritt Joseph, der Ziehvater Jesu, vor allem in den Erzählungen über Jesu Kindheit auf. Seine Präsenz in der Bibel beschränkt sich größtenteils auf das Matthäus- und Lukasevangelium im Neuen Testament, die von der Geburt und frühen Kindheit Jesu schreiben. Nach diesen Berichten gibt es nur wenige Erwähnungen von Joseph.

In der christlichen Tradition wird Joseph, der Ziehvater Jesu, häufig als Zimmermann dargestellt. Diese Annahme basiert auf biblischen Texten, insbesondere dem Matthäusevangelium und dem Lukasevangelium.

Im Matthäusevangelium (13:55) und im Lukasevangelium (4:22) wird Jesus als „der Sohn des Zimmermanns" bezeichnet. Dies legt nahe, dass Joseph diesen Beruf ausübte. Das griechische Wort, das in diesen Texten verwendet wird, ist „tekton", was generell als „Handwerker", „Bauer" oder spezifischer als „Zimmermann" übersetzt werden kann. Es bezeichnet jemanden, der mit Holz arbeitet, aber es könnte auch bedeuten, dass er in

anderen Formen des Bauens und der Konstruktion tätig war.

<u>Geburtsgeschichte:</u> *In den Evangelien nach Matthäus und Lukas spielt Joseph eine zentrale Rolle in den Erzählungen rund um die Geburt Jesu. Diese Texte beschreiben seine Verlobung mit Maria, seinen anfänglichen Zweifel an ihrer Schwangerschaft, seinen Traum, in dem ihm ein Engel die göttliche Natur der Schwangerschaft erklärt, und seine Entscheidung, Maria zu heiraten und das Kind als sein eigenes anzunehmen.*

<u>Flucht nach Ägypten:</u> *Im Matthäusevangelium wird beschrieben, wie Joseph in einem Traum von einem Engel gewarnt wird, dass König Herodes das Kind töten will. Daraufhin flieht er mit Maria und dem kleinen Jesus nach Ägypten. Nach dem Tod des Herodes kehrt die Familie nach Israel zurück, lässt sich aber aus Angst vor Herodes Nachfolger Archelaus in Nazareth nieder.*

Tempelbesuch: Im Lukasevangelium wird eine Episode beschrieben, in der Joseph zusammen mit Maria und dem zwölfjährigen Jesus Jerusalem besucht, um das Passahfest zu feiern. Jesus bleibt im Tempel zurück, ohne dass seine Eltern es zunächst bemerken. Als sie ihn finden, zeigt sich Jesus überrascht darüber, dass sie ihn gesucht haben, und erklärt, er müsse in dem sein, was seines Vaters ist, womit er sich auf seinen himmlischen Vater bezieht. Diese Episode zeigt Joseph in seiner Rolle als fürsorglicher Ziehvater.

Nach diesen Ereignissen gibt es in der Bibel keine weiteren Erwähnungen von Joseph. Es wird allgemein angenommen, dass er vor dem öffentlichen Auftreten Jesu als Erwachsener verstorben ist. Während Jesus öffentlichem Wirken werden nur Maria und seine Geschwister, nicht aber Joseph erwähnt. In keiner biblischen Erzählung ist von Josephs Tod die Rede, daher beruhen alle weiteren Annahmen darüber auf Traditionen und apokryphen Schriften, nicht auf dem biblischen Text selbst.

Text-Quellen:

Für die spezifischen Informationen über Joseph beziehe ich mich hauptsächlich auf folgende Bibelstellen:

Das _Matthäusevangelium_: Hier wird Joseph vor allem in den Kapiteln 1 und 2 erwähnt, die von der Geburt Jesu, den Warnungen, die Joseph in Träumen erhält, und der Flucht der Familie nach Ägypten handeln.

Das _Lukasevangelium_: Dieses Evangelium enthält Details über die Geburt Jesu in Bethlehem (Kapitel 2) und die Episode, in der Jesus als Zwölfjähriger im Tempel zurückbleibt (ebenfalls Kapitel 2).

Diese Texte sind die primären biblischen Quellen für Informationen über Joseph. Weitere Details zu seinem Leben und seinem Charakter werden aus traditionellen Interpretationen und Lehren abgeleitet, die sich im Laufe der Zeit in verschiedenen christlichen Traditionen entwickelt haben.

Weihnachten bei den Chaos-Elfen

In der verschneiten Welt des Nordpols, wo die Sterne heller leuchten als irgendwo anders auf der Erde, herrschte in der Werkstatt des Weihnachtsmanns ein ungewöhnliches Maß an Chaos. Es war die Woche vor Weihnachten, und die Elfen, die normalerweise eine gut geölte Maschine der Effizienz waren, schienen sich in eine Bande tollpatschiger Clowns verwandelt zu haben.

Angeführt wurden sie von Tinsel, einem Elfen mit einem Haar so golden wie die Morgensonne und einem Sinn für Humor, der selbst den grimmigsten Troll zum Lachen bringen konnte. Tinsel hatte eine Vision: ein Spielzeug zu schaffen, das jedes Kind auf der Welt begeistern würde. Sein aktuelles Meisterwerk – ein Roboter, der sich in jedes erdenkliche Kinderspielzeug verwandeln konnte.

„Okay, Team, bereit für die erste Demonstration von ‚Transformo', dem ultimativen Spielzeugroboter?", rief Tinsel und schwang seine funkelnde Fernbedienung.

Die anderen Elfen versammelten sich, ihre Augen glänzten vor Aufregung und vielleicht auch ein wenig vor Misstrauen. Glitter, eine Elfin mit einer Vorliebe für alles, was funkelt, flüsterte: „Hoffentlich explodiert er diesmal nicht."

Mit einem dramatischen Druck auf den Knopf der Fernbedienung erwachte ‚Transformo' zum Leben. Anfangs war alles perfekt. Der Roboter blinkte und surrte, seine Arme und Beine bewegten sich geschmeidig. Dann, mit einem lauten Plopp, verwandelte sich der Roboter nicht in ein Auto oder einen Dinosaurier, sondern in eine gigantische, rotweiße Zuckerstange.

„Oh, Zuckerplätzchen!", rief Tinsel. „Das war nicht geplant!"

Die riesige Zuckerstange begann wild durch die Werkstatt zu wirbeln, jagte Elfen, die kreischend in alle Richtungen davonrannten. Einige versuchten, sich hinter Spielzeugbergen zu verstecken, während andere auf den höchsten Regalen Zuflucht suchten.

Inmitten des Durcheinanders rutschte Glitter aus und landete in einer Kiste mit Weihnachtskugeln, die munter in alle Richtungen kullerten. „Ich glaube, wir brauchen einen neuen Plan!", rief sie, während sie versuchte, sich aus der Kiste zu befreien,

dabei aber immer mehr Kugeln auf den Boden rollen ließ.

Plötzlich kam der Weihnachtsmann in die Werkstatt gestürmt, sein weißer Bart zitterte vor Verwunderung. „Was in aller Welt … ?", begann er, stoppte aber, als die Zuckerstange eine Runde um seine Beine drehte und ihn kurzzeitig in eine rote und weiße Girlande hüllte.

Tinsel, immer noch mit der Fernbedienung in der Hand, lief zu ihm hinüber. „Keine Sorge, Chef, es ist alles unter Kontrolle!", sagte er, während er versuchte, den Weihnachtsmann zu befreien.

„Unter Kontrolle?", brummte der Weihnachtsmann. „Tinsel, ich liebe deine Kreativität, aber Weihnachten steht vor der Tür! Wir können uns keine solchen … Überraschungen leisten!"

„Verstanden, Chef!", sagte Tinsel mit einem breiten Grinsen und einem Funkeln in den Augen, das verriet, dass das nächste Abenteuer bereits in seinem Kopf heranreifte.

Während die Elfen die Zuckerstange schließlich einfingen und der Weihnachtsmann seine Mütze zurechtrückte, war eines klar: Dies würde ein

Weihnachten werden, das niemand so schnell vergessen würde.

∿

Nach dem Zuckerstangen-Zwischenfall waren die Elfen entschlossener denn je, den Weihnachtsmann mit ihrer nächsten Erfindung zu beeindrucken. Tinsel hatte eine neue, „narrensichere" Idee: ein Rentier-Flugsimulator, um die jüngeren Rentiere auf ihre zukünftigen Aufgaben vorzubereiten. „Was könnte schon schiefgehen?", fragte er mit einem breiten Grinsen.

Die Elfen bauten einen großen, bunten Simulator in der Mitte der Werkstatt auf. „Er sieht aus wie ein fliegendes Karussell!", kicherte Glitter, als sie die glitzernden Lichter und die bunt bemalten Rentierfiguren, betrachtete.

„Jetzt brauchen wir nur noch einen Freiwilligen", sagte Tinsel und blickte sich um. Sein Blick fiel auf Blitzen, eines der jüngsten Rentiere, das neugierig seine Nase an den Simulator rieb.

„Perfekt!", rief Tinsel und führte Blitzen in den Simulator. Die anderen Elfen versammelten sich, um das Spektakel zu beobachten.

Mit einem Druck auf den Startknopf begann der Simulator sich zu drehen. Anfangs langsam, dann immer schneller und schneller. Blitzen schien es zu genießen und grunzte fröhlich. „Sieht aus, als würde es funktionieren!", rief Tinsel stolz.

Doch plötzlich, mit einem lauten Krach, löste sich eine der Rentierfiguren vom Simulator und flog quer durch die Werkstatt, direkt auf einen Haufen Weihnachtsgeschenke zu. Die Elfen sprangen zur Seite, da die fliegende Figur Geschenke wie Bowlingpins umwarf.

„Oh, Rentierküchlein!", rief Glitter. „Das war nicht Teil des Plans!"

In dem Moment drehte sich der Simulator, noch schneller. Blitzen, nun sichtlich verwirrt, begann in Panik zu rennen, was den Simulator außer Kontrolle brachte. Er hob ab und flog wirbelnd durch die Luft, gefolgt von einer Spur aus Glitzerstaub und kleinen Schrauben.

„Jetzt haben wir fliegende Rentiere!", rief einer der Elfen, bevor er sich hinter einem großen Sack mit Spielzeug versteckte.

Tinsel, der immer noch versuchte, die Situation zu retten, griff nach der Fernbedienung und drückte jeden Knopf, den er finden konnte. Mit einem letzten, gewaltigen Bumm stoppte der Simulator und Blitzen landete sanft auf einem riesigen Haufen flauschiger Teddybären.

„Das war … interessant", keuchte der Weihnachtsmann, der rechtzeitig hereingekommen war, um das Chaos zu sehen. „Aber vielleicht sollten wir uns auf traditionellere Methoden der Rentierausbildung besinnen."

„Verstanden, Chef", sagte Tinsel, immer noch leicht benommen von der ganzen Aufregung. „Aber warten Sie ab, was wir als Nächstes geplant haben!"

Die Elfen, obwohl etwas erschöpft von ihren bisherigen ‚Erfolgen', konnten nicht anders, als zu lachen. Ihr Abenteuergeist war ungebrochen, und sie wussten, dass das nächste Projekt nur einen Funken von ihrer unerschöpflichen Kreativität entfernt war.

∿

Nach den turbulenten Ereignissen mit dem Rentierflugsimulator waren die Elfen bereit für ihr bevorstehendes Projekt. Diesmal hatte Glitter eine brillante Idee: magischer Glitzerkleber, der den Kinderspielzeugen Leben einhauchen sollte. „Stellt euch vor, wie die Kinderaugen leuchten werden, wenn ihre Spielzeuge sich bewegen können!", sagte sie aufgeregt.

In der Werkstatt mischten die Elfen sorgfältig die Zutaten für den magischen Kleber zusammen. Tinsel, noch ein wenig skeptisch nach den letzten Vorfällen, beobachtete das Ganze mit einem Auge auf die Notfall-Löschdecke.

„Jetzt ein bisschen Elfenstaub dazu …", murmelte Glitter, worauf sie eine schimmernde Substanz in den Topf streute.

Kaum hatte sie den Staub hinzugefügt, begann die Mischung zu sprudeln und zu zischen. Mit einem Mal schoss ein Strahl aus buntem Glitzer in die Luft und ergoss sich über die ganze Werkstatt.

„Hoppala!", rief Glitter, aber es war schon zu spät. Der magische Glitzerkleber begann, seine Wirkung zu entfalten. Spielzeuge, die mit dem Kleber in Berührung kamen, fingen plötzlich an zu leben.

Ein Teddybär begann eine Polonaise anzuführen, gefolgt von einer Reihe tanzender Puppen. Ein Spielzeugzug fuhr pfeifend durch die Werkstatt, wobei er eine Spur von Konfetti hinterließ.

„Das ist ja wie im Märchen!", lachte Tinsel, obwohl er sich bemühte, eine Spielzeugarmee von kleinen Soldaten in Schach zu halten, die entschlossen schienen, die Zuckerstange vom ersten Versuch zu erobern.

Inmitten des Chaos erschien der Weihnachtsmann, nur um von einer Gruppe tanzender Nussknacker umringt zu werden.
„Was in aller Welt ist hier los?", rief er, während er versuchte, sich einen Weg durch die hopsenden Spielzeuge zu bahnen.

„Es ist der magische Glitzerkleber!", rief Glitter. „Er bringt die Spielsachen zum Leben!"

„Das sehe ich, meine Liebe", sagte der Weihnachtsmann, als er einen fliegenden Drachen von seiner Mütze zupfte. „Aber wie stoppen wir sie?"

Tinsel hatte eine Idee. Er schnappte sich eine Flöte von einem der Spielzeuge und begann, eine fröhliche Melodie zu spielen. Wie durch Zauberhand begannen die Spielsachen, sich im Rhythmus der Musik zu bewegen und sich langsam zu beruhigen.

Schließlich, nach einer letzten, wirbelnden Tanzrunde, fielen die Spielzeuge in einen harmlosen, schlafähnlichen Zustand zurück. Die Elfen, außer Atem, aber lachend, blickten sich um.

„Vielleicht sollten wir beim nächsten Mal den magischen Glitzerkleber ein wenig verdünnen", schlug Glitter vor, und fing einen immer noch tanzenden Teddybären ein.

Der Weihnachtsmann, jetzt umgeben von einer friedlichen Szenerie schlummernder Spielzeuge, konnte nicht anders, als zu lächeln. „Eure Herzen sind am rechten Fleck, meine Lieben. Lasst uns nur ein wenig weniger … Magie verwenden."

Und mit einem Schmunzeln, das seine ganze Liebe für seine chaotischen, aber gutmeinenden Elfen verriet, machte sich der Weihnachtsmann daran, die Ordnung in der Werkstatt wiederherzustellen.

∿∿

Nach den aufregenden Abenteuern mit dem magischen Glitzerkleber waren die Elfen bereit für ihr größtes Projekt des Jahres. Tinsel hatte die grandiose Idee, „Transformo", den verwandelbaren Roboter aus dem ersten Versuch, mit dem magischen Glitzerkleber zu kombinieren. „Stellt euch vor, ein Roboter, der sich in jedes Weihnachtsspielzeug verwandeln kann – und das lebendig!", verkündete er.

In der Mitte der Werkstatt stand der Roboter, bereit für seine große Verwandlung. Die Elfen, etwas nervös nach ihren letzten Eskapaden, aber immer noch voller Tatendrang, versammelten sich um Tinsel und Glitter.

„Bereit?", fragte Tinsel und hielt die Fernbedienung fest in der Hand.

„Mehr als bereit!", antwortete Glitter, die den Glitzerkleber vorsichtig auf den Roboter auftrug.

Mit einem Druck auf den Knopf begann „Transformo" sich zu verändern. Aber statt sich in ein Spielzeug zu verwandeln, begann der Blechmann zu wachsen und nahm die Form eines riesigen Weihnachtsbaums an – komplett mit blinkenden Lichtern und schillernden Kugeln.

„Oh, Elfenkuchen!", rief Tinsel. „Das war nicht der Plan!"

Der Weihnachtsbaum-Roboter begann durch die Werkstatt zu stolpern, wobei er über Kabel und Spielzeugberge fiel. Jedes Mal, wenn er fiel, leuchteten seine Lichter in einem wilden  Farbenspiel, und die Weihnachtskugeln kirrten fröhlich.

Inmitten des Durcheinanders lief Glitter zu Tinsel. „Vielleicht können wir ihn mit Musik beruhigen, wie bei den Spielzeugen!", schlug sie vor.

Tinsel, immer bereit für eine kreative Lösung, begann eine Weihnachtsmelodie zu spielen. Zu ihrer Überraschung tanzte auf einmal der Weihnachtsbaum-Roboter. Er schwankte hin und her, wobei er eine Spur aus Lametta und Zuckerstangen hinterließ.

Die Elfen, zunächst erschrocken, begannen bald, zur Musik zu tanzen und lachten über das absurde Schauspiel. Selbst der Weihnachtsmann, der erneut zur Tür hereinkam, konnte sich ein Lachen nicht verkneifen.

„Das ist sicherlich ein … unvergessliches Weihnachtsfest", sagte er und er musste ausweichen, als der Roboter-Weihnachtsbaum eine besonders begeisterte Pirouette drehte.

Zum guten Schluss, als das Lied endete, verwandelte sich der Roboter zurück in seine ursprüngliche Form und kam zum Stillstand. Die Elfen, außer Atem und mit funkelndem Lametta bedeckt, jubelten.

„Ich denke, nächstes Jahr sollten wir es einfach besser machen", sagte Tinsel und lächelte zufrieden.

Der Weihnachtsmann, umringt von seinen fröhlichen Elfen, nickte zustimmend. „Einfach kann auch magisch sein. Aber ihr habt einmal mehr gezeigt, dass hier am Nordpol alles möglich ist – solange wir zusammenhalten und unsere Kreativität einsetzen."

Und mit einem herzlichen Lachen, das durch die ganze Werkstatt hallte, begannen die Vorbereitungen für die schönste Nacht des Jahres, in der die Fantasie der Elfen die Herzen der Kinder auf der ganzen Welt erfreuen würde.

∿

Nach all den aufregenden Ereignissen in der Werkstatt war es endlich Heiligabend. Die Elfen, müde aber glücklich von ihren Abenteuern, bereiteten sich auf die letzte, wichtigste Aufgabe vor: den Weihnachtsmann auf seiner alljährlichen Reise zu begleiten.

„Dieses Jahr war anders als alle vorigen", sagte Tinsel, während er die letzten Spielzeuge in den riesigen Schlitten lud.

„Aber wir haben viel gelacht!", fügte Glitter hinzu, die einen letzten Sack mit glitzernden Geschenken zuband.

Der Weihnachtsmann stand bereit, um aufzubrechen. Er blickte liebevoll auf seine Elfen, die trotz Chaos und Missgeschicken stets mit Herz und Seele dabei waren.

„Ihr habt dieses Jahr etwas Besonderes geleistet", sagte er. „Ihr habt bewiesen, dass Lachen und Freude genauso wichtig sind wie Geschenke."

Als der Schlitten in den sternenklaren Himmel aufstieg, sangen die Elfen, eine Weihnachtshymne. Ihre Stimmen hallten fröhlich durch die kalte Nachtluft.

Unten in der Werkstatt begannen plötzlich die Spielzeuge, die sie mit dem magischen Glitzerkleber bearbeitet hatten, wieder zum Leben zu erwachen. Der Teddybär dirigierte ein Orchester von Spielzeugtieren, die Nussknacker tanzten einen eleganten Walzer, und der Weihnachtsbaum-Roboter blinkte sanft im Takt der Musik.

In diesem Moment erschien das mystische Nordlicht am Himmel, das die ganze Szene in ein wunderbares, farbenfrohes Licht tauchte. Die Elfen, die

vom Schlitten aus zuschauten, konnten nicht anders, als vor Freude zu jauchzen.

„Seht nur, unsere Magie hat funktioniert!", rief Glitter.

„Ja", sagte Tinsel, „aber die größte Magie ist, dass wir zusammen sind und gemeinsam lachen können."

In den Häusern überall auf der Welt wachten Kinder auf, angelockt von dem fröhlichen Gesang und dem Weihnachtslicht. Sie blickten hinaus in die Nacht und sahen den Schlitten des Weihnachtsmanns vorüberziehen, begleitet von einem Chor glücklicher Elfen.

Und in jener Nacht, unter dem glitzernden Sternenhimmel, teilten alle – Elfen, Menschen, Tiere und sogar Spielzeuge – ein gemeinsames Gefühl

der Freude und des Lachens, das ihre Herzen
wärmte.

Als der Morgen anbrach und die ersten Sonnenstrahlen den Schnee in funkelndes Gold verwandelten, wussten alle, dass dies ein Weihnachten war,
das sie nie vergessen würden – ein Fest der lachen-
den Herzen.

Die Schneekugel

Lüttjebüttel, eine idyllische Kleinstadt, umgeben von einer malerischen Winterlandschaft, erstrahlte im festlichen Glanz. Die Straßen und Häuser, geschmückt mit glitzernden Lichtern und bunten Dekorationen, verliehen dem Ort eine magische Atmosphäre. Überall herrschte geschäftiges Treiben, während die Bewohner sich auf das kommende Weihnachtsfest vorbereiteten.

Jeden Abend schrieb die dreizehnjährige Agnes emsig Briefe an den Weihnachtsmann und träumte von den Geschenken, die sie bekommen würde. An einem eiskalten Dezembermorgen erwachte Agnes voller Vorfreude und stürmte ans Fenster. Ein zauberhafter Anblick bot sich ihr: Die Stadt war mit einer dicken Schneedecke bedeckt und glitzerte im Morgenlicht.

An jenem frostigen Dezembermorgen wurde Agnes gewöhnliche Routine durch das Klingeln an der Haustür unterbrochen. Als sie öffnete, stand dort ein Bote, der ihr eine auffällig verpackte Box übergab. Das Paket, umhüllt von glitzerndem Papier

und gekrönt mit einer leuchtend roten Schleife, weckte sofort ihre Neugier. Es trug weder einen Absender noch sonstige Hinweise auf seine Herkunft.

„Was könnte das sein?", fragte Agnes, während sie es vorsichtig ins Wohnzimmer trug, wo ihre Familie bereits gespannt wartete. Ihre Eltern und ihre jüngere Schwester versammelten sich, um das mysteriöse Paket zu begutachten. Die Luft war erfüllt von Aufregung und Spekulationen, wer der geheimnisvolle Absender sein könnte und was sich wohl im Inneren befand.

„Woher kommt das?", fragte Agnes Mutter in die Runde. „Da steht nichts weiter drauf, und es wurde nicht von DHL geliefert", antwortete Agnes. Ihr Vater zog die Schultern hoch und sagte: „Ich habe auch keine Ahnung, aber es sieht wirklich mysteriös aus." Ihre kleine Schwester schüttelte den Kopf, auch sie wusste nichts zu dem Paket.

Die Familie begann zu spekulieren, wer das geheimnisvolle Geschenk geschickt haben könnte, aber niemand hatte eine Antwort. Die Vorfreude auf Weihnachten war nun noch größer, da sie ein ungelöstes Rätsel hatten.

Die Schneekugel

Agnes nahm erneut das Paket behutsam in die Hand. Es fühlte sich schwer und solide an, und das glänzende Geschenkpapier funkelte verführerisch in der Morgensonne. Die Aufregung und die Neugierde in ihrem Gesicht waren kaum zu übersehen.

„Was mag wohl darin sein?", flüsterte ihre kleine Schwester, die mit großen Augen auf das Geschenk starrte.

Agnes zuckte mit den Schultern und antwortete: „Ich habe keine Ahnung, aber es ist ein Präsent für uns. Lass uns es gemeinsam öffnen."

„Ja, heute Abend", entschied die Mutter.

Am Abend versammelte sich die Familie um das Paket und Agnes Hände zitterten vor Aufregung, als sie vorsichtig die funkelnde Schleife löste. Das Geschenkpapier raschelte, und die Spannung in der Luft war förmlich greifbar. Was mochte sich in diesem geheimnisvollen Paket verbergen?

Mit bedächtigen Bewegungen enthüllte sie schließlich den Inhalt der Packung und ließ alle Anwesenden den Atem anhalten. Ein Gegenstand von erstaunlicher Schönheit und Eleganz kam zum Vorschein – ein Schmuckkästchen aus silbernem

Metall, das mit funkelnden Diamanten und kostbaren Edelsteinen verziert war. Alle starrten auf das Kästchen, das mit einer gewissen Aura des Geheimnisvollen umgeben war. Keiner konnte sich erklären, wer es geschickt hatte und was es bedeuten könnte.

Schließlich entdeckte Agnes eine Karte, die darin lag, und zog sie vorsichtig hervor. Die Botschaft darauf lautete: „Dieses Geschenk ist für denjenigen, der den wahren Zauber von Weihnachten findet."

Eine Stille legte sich über die Familie, als sie die Worte auf der Karte lasen. Die Augen der Eltern trafen sich, und sie spürten, dass dieses Geschenk etwas Besonderes war. Die Neugier und die Vorfreude auf das Weihnachtsfest waren intensiver geworden, da sie nun ein tiefes Geheimnis zu lüften hatten.

∿

Die Tage vergingen, und das Rätsel des geheimnisvollen Geschenks blieb ungelöst. Das silberne Schmuckkästchen mit den funkelnden Diamanten und Edelsteinen war zu einem festen Bestandteil

der Familie geworden. Es stand auf einem kleinen Tisch im Wohnzimmer und zog immer wieder die Blicke der Familienbande auf sich. Niemand konnte herausfinden, wer es geschickt hatte oder was die geheimnisvolle Botschaft bedeutete.

In den Abendstunden versammelte sich die Familie oft um das Kästchen, und sie stellten Vermutungen an, wer der großzügige Absender sein könnte.

„Ist es vielleicht ein Geschenk von einem entfernten Verwandten?", fragte der Familienvater.

„Oder von einem geheimnisvollen Wohltäter?", ergänzte seine Frau.

Die Gedanken der Familie kreisten unaufhörlich um das Geschenk, und sie konnten nicht aufhören, sich über die Bedeutung der Nachricht Gedanken zu machen: „Dieses Geschenk ist für denjenigen, der den wahren Zauber von Weihnachten findet."

Währenddessen begann Agnes, sich selbst Fragen zu stellen. Sie saß oft allein im Wohnzimmer und starrte auf das Kästchen.

„Was bedeutet, ‚den wahren Zauber von Weihnachten finden‘?", murmelte sie vor sich hin. Sie überlegte, ob Weihnachten mehr sein könnte als nur das Erhalten von Geschenken.

Eines Nachmittags, als Agnes auf der Couch saß und über das Mysterium nachdachte, hörte sie draußen Kinder lachen und Schneebälle werfen. Sie beschloss, zu ihnen zu gehen. Gemeinsam tobten sie im Schnee, bauten Schneemänner und lachten, bis ihre Wangen rot vor Kälte waren.

In den nächsten Tagen begann Agnes, Dinge zu tun, die sie zuvor nie getan hatte. Sie unterstützte ihre Mutter beim Backen von Plätzchen für die Nachbarn und half ihrem Vater, den örtlichen Weihnachtsbaum festlich zu schmücken. Sie sang Weihnachtslieder für die Bewohner eines Altenheims und half, Geschenke für bedürftige Kinder zu verpacken.

Mit jedem Akt der Freundlichkeit und Großzügigkeit, den sie zeigte, fühlte sich Agnes besser und erfüllter. Sie bemerkte, wie die Menschen um sie herum lächelten und glücklicher waren. Und sie begann zu verstehen, dass der wahre Zauber von Weihnachten nicht nur im Erhalten von Geschen-

ken lag, sondern im Teilen von Liebe, Freundschaft und Freude.

∿

In den Tagen und Wochen, die auf Agnes Entdeckung des geheimnisvollen Kästchens folgten, konnte sie die Botschaft auf der Karte einfach nicht vergessen: „Dieses Geschenk ist für denjenigen, der den wahren Zauber von Weihnachten findet." Die Worte hatten sich tief in ihr Herz gegraben. Agnes fühlte sich verpflichtet, die Bedeutung dahinter zu ergründen.

Agnes hatte in dieser Weihnachtszeit eine Veränderung in sich selbst bemerkt. Sie war nicht mehr nur auf das Erhalten von Geschenken fokussiert, sondern darauf, anderen zu helfen und Freude zu schenken.

Eine Woche vor Weihnachten beschlossen Agnes und ihre Schwester die Nachbarn mit einer besonderen Überraschung zu erfreuen. Sie fertigten handgemachte Weihnachtskarten an und bastelten kleine Aufmerksamkeiten. Zusammen gingen sie von Tür zu Tür und überreichten die selbstgemach-

ten Karten und Geschenke an ihre Nachbarn. Die Freude und die Überraschung in den Gesichtern der Menschen, die sie besuchten, berührte Agnes Herz zutiefst.

Am Abend vor Heiligabend, während die Familie beim Abendessen saß, hörten sie plötzlich ein leises Glöckchen klingeln. Agnes stand auf und lief zum Tisch, auf dem das geheimnisvolle Schmuckkästchen sich befand. Als sie die Kassette öffnete, war sie leer. Doch dann geschah etwas Unerwartetes.

Ein funkelnder Lichtstrahl stieg aus dem leeren Kästchen empor und formte sich zu einer schillernden Schneekugel. Die Familie, die inzwischen dazugekommen war, starrte gebannt auf die Kugel, als sich darin eine winterliche Szene zu entfalten begann. Schneeflocken wirbelten um einen Tannenbaum, und in der Ferne hörte man fröhliches Lachen.

Agnes konnte es kaum glauben. Die Schneekugel schien lebendig zu werden, und sie konnte das Lachen von Kindern und das Klingeln von Glöckchen hören. Es war, als ob sie in eine andere Welt gezogen wurde, eine Welt voller Freude und Zauber.

Ihre Familie trat näher, und sie alle starrten fasziniert auf die Schneekugel.

„Das ist unglaublich schön", flüsterte ihre Mutter.

In der Schneekugel sah Agnes die Silhouetten von Kindern, die im Schnee tobten, Schneebälle warfen und fröhlich lachten. Die Szene war so lebendig und real, dass sie das Gefühl hatte, selbst dabei zu sein.

Die Familie beobachtete eine Weile die Schneekugel, bevor sie sich wieder an den Esstisch setzten. Sie wussten nun, dass der wahre Zauber von Weihnachten in den Taten der Nächstenliebe und der Freundlichkeit lag und dass dieser Zauber das ganze Jahr über in ihren Herzen leben würde.

∿

Am Heiligabend, während die Familie in ihrem gemütlichen Wohnzimmer vor dem festlich geschmückten Weihnachtsbaum saß, geschah etwas Wunderbares. Die Schneekugel, die seit dem Vorabend mysteriös auf dem Tisch stand, begann plötzlich von innen heraus zu leuchten. Ein sanftes

Glöckchen erklang, leise aber klar, und zog die Aufmerksamkeit aller auf sich.

Agnes, deren Augen von Anfang an auf die  Schneekugel geheftet waren, beugte sich neugierig vor. Innerhalb der gläsernen Kugel tanzten die Schneeflocken wilder, und ein kleiner, goldener Funke schien im Herzen der winterlichen Szene zum Leben zu erwachen. Dieser Funke wuchs, pulsierte und strahlte ein warmes Licht aus, das den gesamten Raum in eine behagliche Atmosphäre tauchte.

Die Familie beobachtete gebannt, wie der Funke sich vergrößerte und begann, die Form einer menschlichen Gestalt anzunehmen. Vor ihren Augen verwandelte sich der leuchtende Funke in einen schimmernden Nebel, der sich langsam verdichtete. Aus diesem Dunst trat allmählich eine bekannte Fi-

gur hervor, deren Erscheinung alle Anwesenden in Staunen versetzte.

Es war der Weihnachtsmann – nicht mehr nur ein Funkeln in der Schneekugel, sondern eine lebendige Figur.

Mit einem freundlichen Lächeln und einem langen, weißen Bart stand er im Raum, gekleidet in sein traditionelles rotes Gewand mit Pelzbesatz. In seiner Hand hielt er einen kleinen Sack, der mit dem gleichen goldenen Schimmer zu leuchten schien, aus dem er hervorgegangen war.

„Willkommen, lieber Weihnachtsmann", flüsterte Agnes ehrfürchtig.

Der Weihnachtsmann nickte wohlwollend und sagte mit einer Stimme, die so warm und tief war wie ein knisterndes Kaminfeuer: „Ihr habt den wahren Zauber von Weihnachten gefunden, meine Lieben. Liebe, Freundlichkeit und die Bereitschaft, anderen Freude zu schenken, sind die wahren Geschenke dieser festlichen Zeit."

Die Familie saß einen Moment lang in ehrfurchtsvollem Schweigen, völlig ergriffen von der magischen Präsenz des Weihnachtsmanns und der tiefen Bedeutung seiner Worte. Sie wussten, dass

sie in diesem besonderen Moment Zeugen eines echten Weihnachtswunders geworden waren.

Der Weihnachtsmann überreichte eingepackte Geschenke. Agnes bekam eine kleine Geschenk-box, die mit einem roten Band geschmückt war. Als Agnes die Schachtel öffnete, fand sie darin ein wunderschönes Schmuckstück – einen Anhänger in Form eines glänzenden Herzens. Das Schmuck-stück symbolisierte die Liebe, die sie gefunden hat-te, und den Zauber von Weihnachten, den sie nun verstand.

Alle Familienmitglieder packten ihre Geschenke aus und umarmten sich mit Tränen der Freude in ihren Augen. Sie wussten, dass sie an diesem Weih-nachtsfest etwas Besonderes erlebt hatten und dass dieser Zauber für immer in ihren Herzen bleiben würde.

In Lüttjebüttel erfüllte ein neues Verständnis von Weihnachten die Herzen der Menschen. Es war ein Fest, das nicht mehr nur im Zeichen von Geschen-ken stand, sondern von einer tieferen, herzlichen Verbindung. Überall in der Stadt spürte man eine wärmere, großzügigere Atmosphäre. Die Einwoh-ner hatten gelernt, dass das wahre Geschenk in der

gemeinsamen Freude und im Teilen von Liebe lag. Diese Erkenntnis, so waren sie sich einig, würde nicht nur an Weihnachten leuchten, sondern ein Licht sein, das ihre Gemeinschaft das ganze Jahr über erhellen und die Welt um sie herum bereichern würde.

Schnee

Schnee, dieses zauberhafte Phänomen des Winters, gleicht den Tänzern des Winterhimmels in seiner entstehenden Eleganz. In den höheren Schichten der Atmosphäre, gleichsam einer verborgenen Bühne, beginnt seine Reise, wenn Wasserdampf sich in winzige Eiskristalle verwandelt. Diese Kristalle, die sich um winzige Staubpartikel formen, sind wie die einzigartigen Schritte eines jeden Tänzers, oft in feinen, sechseckigen Mustern. Wenn sie sich in den kalten Wolken ansammeln und an Gewicht gewinnen, beginnen sie ihren sanften Fall zur Erde, gleich einem Ballett aus unzähligen Flocken. Auf ihrem Weg durch die Schichten verschiedener Temperaturen und Feuchtigkeitsgrade vereinen sich die Kristalle zuweilen zu größeren Flocken, die in ihrer vielfältigen Schönheit an funkelnde Sterne in einem kalten Meer erinnern. Das Endergebnis ist eine glitzernde Schneedecke, die die Landschaft in ein strahlendes Weiß hüllt und eine Stille mit sich bringt, die die Welt in einen friedvollen Winterschlaf wiegt.

Das Geheimnis des Antiquariats

In den verschneiten Gassen einer kleinen Stadt, wo jedes Haus mit Lichterketten geschmückt war und der Duft von gebrannten Mandeln in der Luft lag, schlenderte Alex durch die kalte Dezembernacht. Alex, mit einer dicken Wollmütze und einem Schal bis zur Nase verhüllt, liebte diese Zeit des Jahres – eine Zeit, in der jedes Fenster eine Geschichte zu erzählen schien.

Als begeisterten Bücherwurm zog es Alex immer zu den alten Buchhandlungen der Stadt. An diesem Abend jedoch entdeckte er etwas Neues, etwas, das zuvor nie da gewesen zu sein schien – ein kleines Antiquariat, versteckt in einer Seitengasse, dessen Schild „Nur in der Weihnachtszeit geöffnet" verkündete.

Mit einem Gefühl von Neugier und Vorfreude öffnete Alex die knarrende Tür. Ein Glockenspiel begrüßte ihn mit einer sanften Melodie. Der Innenraum war wie aus einer anderen Zeit: Bücher bis zur Decke, ein knisterndes Kaminfeuer und ein Geruch von altem Papier und Tannenzweigen.

„Moin und willkommen!", ertönte eine warme Stimme. Ein alter Mann, der Antiquar, stand hinter einem antiken Schreibtisch, umgeben von Stapeln vergilbter Bücher. Sein Gesicht war von Falten durchzogen, doch seine Augen funkelten lebhaft.

„Ich suche nach einem besonderen Buch", sagte Alex.

„Jedes Buch hier ist besonders", antwortete der Antiquar mit einem Schmunzeln und schaut Alex abschätzend an, „aber eines ist tatsächlich einzigartig." Er führte Alex zu einem alten Regal, wo ein Exemplar mit einem ledergebundenen, goldverzierten Einband lag. „Dieses Buch", sagte er, „ist mehr als nur Geschichten. Es ist ein Erlebnis."

Alex nahm das Buch vorsichtig in die Hände. Es fühlte sich warm an, fast als hätte es ein eigenes Leben.

„Was ist das für ein Buch?", fragte Alex.

„Ein Buch der Weihnachtsgeschichten. Aber seien Sie gewarnt, es hat die Kraft, seine Leser in seine Welten zu ziehen."

Skeptisch, aber fasziniert, schlug Alex das Buch auf. Die Seiten schienen zu leuchten, und die Worte tanzten vor seinen Augen. Beim Lesen der ersten

Zeilen fühlte er, wie eine magische Kraft zu wirken begann, und die Welt umher schien sich zu verändern.

In diesem Moment wusste Alex, dass dies kein gewöhnlicher Besuch in einem Antiquariat war. Es war der Beginn eines unglaublichen Weihnachtsabenteuers.

∿∿

Alex saß nun in einem alten, bequemen Sessel, das geheimnisvolle Buch aufgeschlagen auf dem Schoß. Die Worte auf den Seiten schienen zu leuchten, und mit jedem gelesenen Satz fühlte Alex sich mehr in die Handlung hineingezogen.

Die erste Geschichte handelte von einem Spielzeugmacher namens Herr Geissler, der in einem kleinen Dorf lebte. Einst war er bekannt für seine wunderbaren, handgefertigten Spielzeuge, doch mit der Zeit hatte er seine Inspiration verloren. In der Geschichte half ihm ein geheimnisvolles Kind, das eines kalten Abends in seiner Werkstatt auftauchte, seine Leidenschaft wiederzufinden. Das Kind brachte ihm bei, dass wahre Erkenntnis aus dem

Herzen kommt und dass das Wunder des Gebens das größte Geschenk ist. Alex spürte, wie sich die Wärme dieser Geschichte ausbreitete, eine Herzlichkeit, die Hoffnung und Ausdauer symbolisierte.

Die zweite Erzählung entführte Alex in das Leben einer Frau namens Elisa, die sich von der Welt zu-

rückgezogen hatte. Eines Tages fand sie vor ihrer Tür einen verlassenen Welpen. Durch die Pflege des kleinen Hundes öffnete sie sich langsam wieder für ihre Nachbarn und die Gemeinschaft. Diese Geschichte lehrte Alex, dass Freundlichkeit, selbst in einfachen Gesten, eine Brücke zwischen isolierten Herzen bauen kann.

Während Alex las, schienen die Geschichten lebendig zu werden. Der warme Schein des Kamins im Antiquariat flackerte im Takt zu den erzählten Abenteuern, und draußen schien der Schnee sanfter zu fallen. Es war, als ob jede Geschichte einen eigenen Herzschlag hatte, der im Einklang mit Alex eigenem schlug.

Er bemerkte, wie sich mit jeder gelesenen Seite etwas in seinem Inneren veränderte. Diese Geschichten waren nicht nur Worte auf Papier; sie waren Fenster zu tiefen, universellen Wahrheiten. Sie lehrten über Liebe, Verlust, Hoffnung und die unendliche Kraft der Menschlichkeit.

Als er das Kapitel beendete und aufsah, schien das Antiquariat selbst Teil der Magie geworden zu sein. Die Wände waren voller lebendiger Erinnerungen, jedes Buch ein Tor zu einer anderen Welt. Alex realisierte, dass das Buch ein besonderes Geschenk war, eine Einladung, die Welt durch die Augen der Hoffnung und des Wunders zu sehen, gerade rechtzeitig zu Weihnachten.

∿

Nachdem Alex die letzte Seite der zweiten Geschichte umgeblättert hatte, blickte er auf und sah
den Antiquar, der leise lächelnd im Halbdunkel
stand.

„Sie haben einen Teil der Magie dieses Werks er-
fahren", sagte er sanft. „Aber jede Geschichte hat
ihren Ursprung, und dieses Buch ist keine Ausnah-
me."

Der Antiquar setzte sich Alex gegenüber und begann zu erzählen. Das Buch war einst von einem
weisen Geschichtenerzähler geschrieben worden,
einem Mann, der sein Leben damit verbracht hatte,
die Welt zu bereisen und Erlebnisse zu sammeln. Er
glaubte, dass Geschichten die Macht hatten, die
Herzen der Menschen zu heilen und zu verbinden.
Vor vielen Jahren hatte er das Buch in diesem Antiquariat zurückgelassen, in der Hoffnung, dass es
die richtigen Personen finden würde.

„Jeder, der dieses Buch liest, wird Teil seiner
Magie", fuhr der Antiquar fort. „Die Geschichten
darin reflektieren nicht nur tiefgreifende Lebens-
wahrheiten, sondern wirken in der Realität. Sie er-

Das Geheimnis des Antiquariats

wecken in den Lesern die besten Qualitäten wie Mitgefühl, Mut und Hoffnung."

Alex fühlte, wie sich diese Worte tief in seinem Inneren festsetzten. Das Buch war mehr als nur eine Sammlung von Geschichten; es war ein Spiegel der Menschlichkeit und ein Katalysator für Veränderung. Alex erkannte, dass die Erfahrungen beim Lesen des Buches eine tiefere Bedeutung hatten, die über die Seiten hinausgingen.

„Und nun, Alex, sind Sie Teil dieser fortwährenden Geschichte", sagte der Antiquar mit einem geheimnisvollen Lächeln. „Was Sie aus diesem Buch lernen, kann Ihr Leben und das Leben derer um Sie herum bereichern. Teilen Sie diese Erzählungen, leben Sie ihre Weisheiten, und Sie werden sehen, wie die Magie sich entfaltet."

Mit einem neuen Gefühl von Verantwortung und Staunen stand Alex auf, bereit, nach Hause zurückzukehren. Die Straßen der Stadt schienen jetzt lebendiger, jede Schneeflocke schien eine Geschichte zu erzählen. Mit dem Buch unter dem Arm fühlte sich Alex inspiriert, die Feiertage auf eine tiefere, bedeutungsvollere Weise zu erleben.

Als Alex das Antiquariat verließ, flüsterte der Wind durch die Gassen, als würde er die Geschichten der Vergangenheit und die Hoffnungen der Zukunft singen.

In diesem Moment wurde Alex bewusst, dass dieses Weihnachten der Beginn eines neuen Kapitels in seinem Leben war – ein Kapitel, gefüllt mit Magie, Liebe und unendlichen Möglichkeiten.

Warum fängt Weihnachten am 24. Dezember an?

Die Festlegung des Weihnachtsdatums auf den 24. Dezember ist das Ergebnis einer Kombination aus religiösen Traditionen und historischen Entscheidungen. Hier sind einige Schlüsselfaktoren, die zu dieser Festlegung führten:

<u>Religiöse Traditionen und Kalender:</u> Die frühen Christen hatten keinen einheitlichen Termin für die Feier der Geburt Jesu. Im 4. Jahrhundert setzte sich in der westlichen Kirche der 25. Dezember als Datum für Weihnachten durch. Dies basierte teilweise auf dem römischen Kalender und den bestehenden heidnischen Feiertagen.

<u>Anpassung an heidnische Feste:</u> Der 25. Dezember fiel nahe der Wintersonnenwende und zusammen mit dem römischen Fest ‚Sol Invictus' (Unbesiegte Sonne), das am 25. Dezember gefeiert wurde. Es wird angenommen, dass die Kirche dieses Datum wählte, um die Umwandlung heidnischer Bräuche in christliche Feierlichkeiten zu erleichtern.

Heiligabend: Der 24. Dezember, der Vorabend des festgesetzten Datums für die Geburt Christi, entwickelte sich im Laufe der Zeit zu einem wichtigen Teil der Weihnachtsfeierlichkeiten. In vielen Kulturen wird der Heiligabend, also der Abend vor Weihnachten, mit besonderen Gottesdiensten, Familientreffen und Geschenkaustausch begangen.

Liturgischer Kalender: In der christlichen Tradition beginnen die Feierlichkeiten oft am Vorabend des Festtages. Das ist Teil der liturgischen Praxis, bei der der neue Tag mit dem Sonnenuntergang des Vortages beginnt. Daher beginnen die Weihnachtsfeiern am Abend des 24. Dezember.

Zusammengefasst ist der 24. Dezember als Heiligabend und der Beginn der Weihnachtsfeierlichkeiten sowohl ein Ergebnis der Anpassung an bestehende heidnische Traditionen als auch ein Teil der christlichen liturgischen Praxis.

Diese Erzählung webt die majestätische Schönheit der winterlichen Polarlandschaft mit einer tiefen, berührenden Botschaft über das Wesen von Familie, den Kampf ums Überleben und die Sehnsucht nach einem Ort, den man Heimat nennen kann. Inmitten der eisigen Weiten und der stillen, klaren Nächte zeigt sich, dass es oft die leisen, unscheinbaren Momente sind, in denen das wahre Geschenk des Lebens verborgen liegt: die unerschütterliche Bindung, die Familien zusammenhält und sie selbst in den härtesten Zeiten Hoffnung finden lässt.

Lassen Sie sich in eine Welt entführen, die so weit entfernt scheint und doch in der festlichen Stimmung von Weihnachten so nah. Hier, unter dem leuchtenden Nordlicht, entdecken Sie die wahren Wunder, die diese Zeit des Jahres mit sich bringt.

Das Leuchten des ewigen Eises

Inmitten der endlosen Stille und Kälte des arktischen Ozeans, umgeben von der weißen Pracht schroffer Eisberge, lag eine kleine, unscheinbare Eisscholle. Auf dieser schwimmenden Insel des Lebens residierte Suka, die Polarbärenmutter, mit ihren zwei Jungen, Malik und Anuk. Ihr Fell leuch-

tete in der Sonne fast so hell wie der Schnee um sie herum, und ihre Augen funkelten wie der tiefblaue Himmel.

Eines Tages, als die Sonne gerade den Horizont streifte und das Licht in sanftes Rosa tauchte, rief Suka besorgt: „Malik, sei vorsichtig am Rand!" Ihr mutiger Nachwuchs hatte neugierig über die Kante der Eisscholle geblickt, fasziniert von der unendlichen Weite des Ozeans.

Die Eisscholle war für Suka mehr als nur ein Zuhause; sie war ein Lehrsaal, ein Spielplatz, ein Refugium. Aber die Veränderungen waren unübersehbar. Die Fische, die früher in Fülle unter ihnen schwammen, waren spärlicher geworden, und das Eis, das einst robust und einladend war, wurde dünner und brüchiger mit jedem Tag, der verstrich.

In einer ruhigen Nacht, in der Malik und Anuk, in das Fell ihrer Mutter gekuschelt, schlummerten, flüsterte Suka zum Himmel: „Was wird aus uns werden, wenn das Eis weiter schwindet?" Ihre

Worte verloren sich im sternenklaren Nichts, und ein Gefühl der Dringlichkeit erfüllte ihr Herz.

Suka wusste, dass die Zeit knapp wurde. Ihre Instinkte riefen sie dazu auf, ihre Jungen zu neuen Jagdgründen zu führen, wo das Eis noch stark war und das Leben gedeihen konnte. So begann sie, Malik und Anuk die Kunst des Überlebens beizubringen.

„Das Warten ist der Schlüssel, meine Kleinen. Geduld führt zur Belohnung", erklärte sie, während sie ihnen zeigte, wie man geduldig auf die Robben lauert, die sich auf dem Eis sonnen.

„Werden wir jemals dorthin reisen, Mutter, wo das Eis endlos und kräftig ist?", fragte Anuk eines Abends, als sie unter einem klaren Sternenhimmel rasteten.

Suka blickte in die Ferne, ihre Gedanken erfüllt mit Sorgen und Hoffnungen, als sie flüsterte: „Vielleicht eines Tages. Aber es wird eine Reise voller Herausforderungen sein."

Es war an einem dieser friedlichen Abende, als Suka den Entschluss fasste, ihre Familie auf eine Reise zu führen, die sie von der schwindenden Eisscholle weg und in eine Zukunft führte, die so ungewiss war wie das Meer, das sie umgab.

Die letzte Nacht vor ihrer Abreise schaute Suka in den Himmel und sah die Sterne funkeln, wie ein Wegweiser zu neuen Horizonten. Sie flüsterte ein stilles Gebet an die Geister der Arktis und legte sich dann neben ihre Kinder nieder, deren Atemzüge im Schlaf leise und beruhigend waren. In ihren Träumen sah sie ein Land, das reich an Leben und Hoffnung war.

Das Leuchten des ewigen Eises

Als die Morgendämmerung den Himmel in ein helles Licht tauchte, war Suka bereit. „Aufwachen, meine Lieben. Eine neue Reise beginnt", sagte sie sanft und weckte Malik und Anuk. Zusammen machten sie sich auf den Weg ins Unbekannte, geführt von den Sternen und Sukas unerschütterlichem Willen.

∿

Die weite, offene See des arktischen Ozcans erstreckte sich vor Suka und ihren Jungen, ein endloses Band aus schimmerndem Eis und kaltem Wasser. Die Reise hatte gerade erst begonnen, und die Unsicherheit des Unbekannten lag schwer in der Luft.

„Mutter, wohin führt uns unser Weg?", fragte Malik, während er eifrig über das Eis hüpfte, seine jugendliche Energie kaum zu bändigen.

„Zu einem Ort, an dem das Eis dick und das Nahrungsangebot reichlich ist", antwortete Suka, ihre Stimme voller Zuversicht, die sie selbst kaum fühlte. In ihrem Herzen wuchs die Sorge, ob sie ihren Nachwuchs sicher durch diese unbekannte Welt führen konnte.

Anuk, der vorsichtigere und nachdenklichere der beiden, hielt inne, um den Sternenhimmel zu beobachten. „Die Sterne werden uns leiten", murmelte er, mehr zu sich selbst als zu den anderen.

Auf ihrer Reise stießen sie auf unerwartete Schwierigkeiten. Einmal brach das Eis plötzlich unter Malik's Pfoten, und er rutschte in das eiskalte Wasser. Mit einem entschlossenen Sprung und einem kraftvollen Schubs rettete Suka ihn aus den gefährlichen Fluten.

„Du musst vorsichtiger sein, Malik. Das Eis ist trügerisch", ermahnte Suka, während sie ihren Sohn fest an sich drückte, ihr Herz schlug vor Angst und Erleichterung.

Nachts, wenn die Dunkelheit die Eisscholle in ihr stilles Blau hüllte, flüsterte Suka den Sternen ihre Ängste und Wünsche zu. An diesen Abenden fühlte sie sich den Ahnen nahe, die durch diese gleichen Gewässer gezogen waren. Sie suchte nach Zeichen und Führung, in der Hoffnung, die richtige Entscheidung für ihre Familie getroffen zu haben.

An einem Morgen, als die Sonne über den Horizont kletterte, begegneten sie einer Gruppe von Walrossen, die auf einem nahe gelegenen Eisfeld ruhten. Suka hielt Malik und Anuk zurück, um sie zu beobachten.

„Diese Geschöpfe sind mächtig und gefährlich, aber sie können uns auch viel lehren", erklärte Suka leise, während ihre Jungen gebannt auf die massigen Tiere starrten.

Als sie weiterzogen, zeigte Suka ihren Jungen, wie man durch das Eis schleicht, wie man den Wind liest und wie man die leisesten Geräusche des Meeres hört – die Sprache der Arktis. Jeder Tag brachte neue Lektionen, neue Wunder und neue Gefahren. Malik und Anuk wuchsen mit jeder Herausforderung, lernten schnell und passten sich an. Ihre Neugier und ihr Mut waren unerschöpflich, und Suka fühlte sich durch ihre Anwesenheit gestärkt.

Eines Abends, als sie unter einem klaren Sternenhimmel rasteten, sah Suka, wie Anuk nachdenklich
in die Ferne blickte. „Was denkst du, Anuk?", fragte sie.

„Ich frage mich, wie unsere neue Heimat aussehen wird", antwortete er, seine Augen reflektierten
die Sterne.

Suka legte sich neben ihre Jungen und blickte in
den Himmel.

„Sie wird wunderschön sein", flüsterte sie, mehr
ein Versprechen als eine Gewissheit. Mit diesem
Gedanken schliefen sie ein, eng aneinanderge-
schmiegt gegen die Kälte der arktischen Nacht.

∿∿

Die Reise war weit und voller Prüfungen gewesen, aber Suka und ihre Kindern Malik und Anuk
hatten es endlich geschafft. Sie standen am Rand
eines weiten und stabilen Eisfeldes, das von den
warmen Strömungen unberührt schien. Die Luft
hier war kälter, die Stille tiefer, und das Eis unter
ihren Pfoten fühlte sich fest und sicher an.

Malik sprang aufgeregt umher und rief aus: „Schau, Mami, das Eis ist so weit und fest! Ist dies unser neues Zuhause?" Seine Augen leuchteten vor Begeisterung, als er die Landschaft erkundete.

Suka beobachtete, wie ihre Jungen spielten, ihre kindliche Freude ungetrübt von den Strapazen der Reise. Malik war mutig und stürmisch, stets bereit, sich in ein neues Abenteuer zu stürzen, derweil Anuk nachdenklicher war, immer die Sterne und den weiten Himmel beobachtend.

In der folgenden Nacht, als das Polarlicht in einem faszinierenden Tanz aus Grün und Violett am Himmel erschien, legte Suka ihre Pfote auf Maliks Schulter und sagte: „Das Nordlicht, meine Lieben, ist ein Zeichen der Ahnen, ein Versprechen, dass wir hier sicher sind."

Unter diesem leuchtenden Baldachin versammelte Suka ihre Jungen und erzählte ihnen von den alten Tagen, von der Weisheit der Bären, und von der neuen Hoffnung, die dieses Land bot.

Mit jedem Tag, der verging, wuchs die Familie in ihre neue Heimat hinein. Sie lernten die besten Jagdgründe kennen, die verborgenen Süßwasser-

quellen und die sichersten Wege über das Eis. Malik und Anuk wuchsen heran, kräftig und klug, und Suka wusste, dass sie bereit waren, eines Tages ihre eigenen Wege zu gehen.

In einer sternenklaren Nacht, als Anuk in den Himmel blickte, flüsterte er: „Die Sterne erzählen von Abenteuern, die kommen werden, nicht wahr, Mutter?"

Suka nickte, ihr Herz erfüllt von Stolz und einem Hauch von Wehmut. „Ja, mein Sohn. Und ihr werdet bereit sein, sie zu erleben."

Als der Winter kam und die Sonne sich für Monate verabschiedete, sah Suka zu, wie ihre Jungen unter dem Sternenhimmel spielten, ihre Silhouetten gegen das Mondlicht abgehoben. In diesem Moment, in der tiefen Dunkelheit der Polarnacht, fühlte sie sich nicht verloren oder allein, sondern verbunden mit allem Leben, das unter dem Sternenzelt gedieh. Das Versprechen des Nordlichts hatte sie geführt, und jetzt flüsterte es eine Zukunft voller Möglichkeiten in die kalte, klare Nacht.

~~~

Die Zeit verging, und das Leben auf dem stabilen Eisfeld wurde für Suka und ihre Jungen zur Normalität. Malik, der einst ungestüm und abenteuerlustig war, hatte gelernt, geduldig zu sein und auf die kleinen Zeichen der Natur zu achten. Anuk, der früher im Schatten seines Bruders stand, entfaltete seine eigene Stärke und Weisheit. Er entwickelte ein besonderes Gespür für das Wetter und die Veränderungen im Eis.

Suka, die stolze Mutter, beobachtete mit einer Mischung aus Ehrgefühl und Wehmut, wie ihre Jungen zu kräftigen, unabhängigen Bären heranwuchsen. Sie lehrte sie die letzten Lektionen, die sie kannte – wie man in den rauesten Stürmen überlebt, wie man den Sternen folgt und wie man die alten Legenden erzählt, die die Geschichte ihres Volkes bewahren.

Eines Abends, als das Polarlicht, den Himmel in ein faszinierendes Lichtermeer verwandelte, fühlte Suka, dass ihre Zeit als Führerin und Lehrerin zu einem Ende kam. Malik und Anuk würden bald ihre eigenen Wege gehen müssen, ihr eigenes

Schicksal in den endlosen Weiten der Arktis suchen.

In dieser Nacht, unter dem tanzenden Nordlicht, versammelte Suka ihre Jungen um sich und erzählte ihnen von der tiefen Verbundenheit aller Lebewesen mit dem Eis. Sie berichtet von der Pflicht, dieses Erbe zu bewahren, und von der Stärke, die in ihnen wuchs, um den Herausforderungen der Zukunft zu begegnen.

Als die Nacht zu Ende ging, sah Suka, wie Malik und Anuk in die Dunkelheit blickten, ihre Augen voller Träume und Hoffnung. Sie spürte, dass sie bereit waren, ihre eigenen Legenden zu schreiben, Geschichten, die eines Tages unter dem Sternenhimmel erzählt werden würden. Mit einem Gefühl des Friedens und der Zuversicht legte Suka sich neben ihre Jungen und schaute zum letzten Mal in dieser Saison auf das Nordlicht, das Versprechen und Zukunft in einem war.

Mit den ersten Strahlen der Morgensonne, die den Himmel in ein sanftes Rosa tauchte, wusste Suka, dass der Moment des Abschieds gekommen war. Sie blickte auf Malik und Anuk, die bereit waren, ihre eigenen Pfade zu beschreiten.

„Meine Lieben, die Zeit ist gekommen. Ihr seid kräftig, weise und mutig. Ihr werdet euren Weg finden", sagte sie mit tränenerfüllten Augen.

Malik und Anuk, inzwischen stattliche Bären, nickten ihrer Mutter zu, Dankbarkeit und Liebe in ihren Augen. Dann, mit einem letzten tiefen Blick zu Suka, wandten sie sich ab und begannen ihre eigene Reise unter dem unendlichen arktischen Himmel.

Suka beobachtete sie, bis sie nur noch kleine Punkte in der Ferne waren. Dann hob sie den Kopf und blickte in den klaren Morgenhimmel. Sie fühlte sich verbunden mit der unendlichen Weite der Natur, erfüllt von der Gewissheit, dass das Vermächtnis und die Geschichten der Polarbären weiterleben würden, getragen vom Nordlicht und geflüstert in den Winden der Arktis.

Edna, die Eulenwächterin

In einem verschneiten Dorf, das in ein Meer aus funkelnden Lichtern getaucht war, herrschte geschäftiges Treiben. Kinder liefen lachend durch die Straßen, ihre Atemwolken bildeten kleine Nebelschwaden in der kalten Luft. Jedes Haus war sorgfältig mit Weihnachtsgirlanden und Lichterketten geschmückt, und aus den Schornsteinen stieg gemütlich der Rauch auf, der den Duft von gebrannten Mandeln und Zimt mit sich trug.

Hoch oben auf der stärksten Eiche, die ihre knorrigen Äste wie schützende Arme über das Dorf legte, saß Edna, die Eulenwächterin. Ihre gelben Augen leuchteten weise und wachsam. Nichts entging ihrem scharfen Blick, und sie fühlte sich verant-

wortlich für das Glück und die Sicherheit der Dorfbewohner, besonders in dieser unsicheren Zeit des
Jahres.

Unter den Kindern war sie eine Legende; sie nannten sie liebevoll „Edna, die Weihnachtseule". Sie
flüsterten sich zu, dass der Weihnachtsmann ohne
Ednas wachsames Auge den Weg ins Dorf nicht
finden würde. Und so, in der Dämmerung des Heiligen Abends, schauten sie hinauf zu dem alten
Baum und wünschten sich insgeheim, einen Blick
auf die geheimnisvolle Eule zu erhaschen, die ihnen das Fest brachte.

Als die letzten Sonnenstrahlen hinter den verschneiten Hügeln versanken und der Himmel sich
in tiefes Indigoblau hüllte, wuchs die Aufregung
der Kinder. Sie standen mit roten Wangen und
dampfenden Atemwolken vor ihren Häusern, die
Augen fest auf den Himmel gerichtet, in freudiger
Erwartung auf den Weihnachtsmann.

Aber Edna spürte, dass diese Nacht anders war. Eine seltsame Stille lag in der Luft, eine Ruhe, die nicht zum fröhlichen Trubel passen wollte. Mit einem leisen Rascheln drehte sie ihren Kopf und spähte in die Dunkelheit des Waldes. Es war ihre Pflicht, auf jedes Flüstern zu lauschen, auf jedes Knacken im Unterholz zu achten. Denn die Nacht war lang, und nicht alle Schatten gehörten der friedvollen Weihnachtszeit an.

∿∿

Die Dämmerung senkte sich über das Dorf, und mit ihr kam eine Kälte, die tiefer war als die des Winters. Edna, die Eulenwächterin, fühlte eine Unruhe in der Luft, die ihre Federn unruhig flattern ließ. Mit ihren scharfen Augen blickte sie hinunter auf die weißen Dächer und die glitzernden Lichter. Alles schien friedlich, doch Edna wusste, dass der Schein trügen konnte.

Plötzlich vernahm sie ein leises Knistern aus dem dunklen Wald, das sich anfühlte wie das Kratzen von Dornen an einem Fenster. Sie drehte ihren Kopf, und ihre Augen funkelten im Mondlicht.

Dort, zwischen den Schatten der alten Bäume, bewegten sich Gestalten – leise, bedacht und mit einer Absicht, die nichts Gutes verhieß.

Sie waren Räuber, hart und kalt wie der Winter. Sie hatten von dem Dorf gehört, das den Weihnachtsmann mit offenen Armen empfing, und sie wollten diese Nacht nutzen, um sich zu bereichern. Ihr Plan war es, das Dorf in Dunkelheit zu tauchen, um den Weihnachtsmann zu verwirren und die Geschenke zu stehlen, bevor er sie den Kindern übergeben konnte.

Edna wusste, dass sie handeln musste. Die Kinder des Dorfes hatten das ganze Jahr auf diesen Abend gewartet, hatten ihre Wunschzettel geschrieben und gehofft. Sie konnte nicht zulassen, dass ihre Träume durch die Gier der Räuberbande gestohlen wurden, die kälter als der tiefste Winter war.

Mit einem entschlossenen Funkeln in ihren Augen breitete Edna ihre Flügel aus und machte sich bereit, den Frieden der Heiligen Nacht zu bewahren. Sie würde den Räubern einen Schritt voraus sein, sie in die Irre führen und sicherstellen, dass der Weihnachtsmann seinen Weg fand. Denn an

diesem Tag war sie mehr als eine Eule; sie war die Hüterin des Weihnachtszaubers.

∿

Während die Sterne am Himmel heller zu leuchten begannen und die Kinder an den Fensterscheiben aufgeregt tuschelten, lauerte jenseits der verschneiten Wiesen und frostigen Bäume eine Dunkelheit, die keine Sterne kannte. Edna, die stolze Wächterin, hatte die Schatten bemerkt, die sich listig zwischen den Bäumen bewegten. Räuber waren es, die gekommen waren, um die Ruhe der Heiligen Nacht zu stören.

Edna war bewusst, dass sie keine Zeit zu verlieren hatte. Sie breitete ihre großen Flügel aus und glitt lautlos durch die kalte Nachtluft. Ihre Augen durchdrangen die Dunkelheit, und ihr Herz schlug mutig im Takt des weihnachtlichen Friedens, den sie zu bewahren geschworen hatte.

Die Räuber waren schlau, sie hatten ihre Taschenlampen ausgemacht und bewegten sich flüsternd vorwärts, auf die Ansiedlung zu. Ihr Plan war es,

die Lichter zu löschen, indem sie die Stromversorgung des Dorfs unterbrechen. Die Beleuchtung, die den Weihnachtsmann zur Ortschaft führen sollte, wollten sie ausschalten. Doch sie hatten nicht mit Ednas Scharfsinn gerechnet.

Mit einer Weisheit, die nur einer Eule eigen ist, rief Edna die Tiere des Waldes zu Hilfe. Die Hasen trampelten durch das Unterholz und lenkten die Räuber ab, während die anderen Tiere leise den Stromverteiler mit Stöckern, altem Laub und Schnee versteckten, damit die Diebe ihn nicht finden konnten.

Währenddessen schickte Edna ein sanftes Eulenrufen in die Nacht, das weit trug und den Ohren des Weihnachtsmanns nicht verborgen blieb. Es war ein Ruf, der ihm sagte: „Hier entlang, alter Freund. Folge meiner Stimme."

Verwirrt jagten die Räuber Schatten, liefen im Kreis und verirrten sich im Dickicht des Waldes, gefangen in Ednas klugem Plan. Sie konnten keinen Schaden mehr anrichten. Sie hatten die Rechnung ohne die Wächterin des Dorfes gemacht, die

mit ihren verbündeten Waldtieren die Nacht beherrschte.

Und so, als die Kirchturmuhr zwei Stunden vor Mitternacht schlug und die Kinder auf den Weihnachtsmann voller Hoffnung und Vorfreude warteten, war Edna auf dem Weg zurück zu ihrem Baum. Sie hatte keine Zweifel daran, dass ihre Botschaft den Santa Claus erreicht hatte und dass er bald, mit einem Sack voll Geschenken, sicher im Dorf landen würde.

∿∿

Als die Kirchenglocken Mitternacht läuteten, stand der Mond hoch über dem friedlichen Dorf, das in warmem, goldenem Licht erstrahlte. Edna, die mutige Eulenwächterin, hatte ihre Aufgabe erfüllt. Sie saß wieder auf ihrem Ast und blickte mit stiller Zufriedenheit auf die Szenerie unter ihr.

In der Ferne hörte man das sanfte Glöckchen des Schlittens. Der Weihnachtsmann war angekommen, geleitet von der Helligkeit der Beleuchtung und dem Ruf der treuen Edna. Er landete vorsichtig auf

dem verschneiten Marktplatz, von wo er die Geschenke sicher und ungestört verteilen konnte.

Die Kinder, die heimlich durch ihre Fenster lugten, konnten ihr Glück kaum fassen. Ihre Augen leuchteten im Schein der Lichter, und leise Jubelrufe erfüllten die Nacht. Sie wussten, dass gleich Geschenke auf sie warten würden, liebevoll verpackt und mit großer Sorgfalt ausgesucht.

Die Räuber, inzwischen weit im Wald verirrt, konnten nur von der Ferne das fröhliche Lachen und das Singen der Dorfbewohner hören. Sie hatten die Macht der Gemeinschaft und den Mut einer kleinen Eule unterschätzt, die ihr Dorf mit allem beschützte, was sie hatte.

Am nächsten Morgen, als die Sonne die verschneiten Dächer in ein funkelndes Rosa tauchte, fanden die Kinder kleine, glitzernde Federn im Schnee. Es war ein stilles Zeichen von Edna, der Eule, die die Weihnachtsnacht gerettet hatte. Sie sammelten die Federn wie kostbare Schätze, ein Andenken an das Wunder der vergangenen Nacht.

Das Dorf feierte eines der fröhlichsten Weihnachtsfeste, das es je gegeben hatte. Es wurde gelacht, gesungen und getanzt, und in jedem Lied, in jedem Lachen hallte ein leises Dankeschön an die mutige Eule, die mehr als nur ein Wächter war – sie war ein wahrer Weihnachtsengel.

Und so, Jahr für Jahr, erzählte man sich die Geschichte von Edna, der Eulenwächterin, die zeigte, dass die wahre Magie des Weihnachtsfestes in der Liebe, dem Mut und der Fürsorge füreinander lag.

Biographie des Weihnachtsmanns

Geburtsort und -datum: Unbekannt;
die Legende des Weihnachtsmanns, auch bekannt
als Sankt Nikolaus, hat ihre Wurzeln im 4. Jahrhundert in der historischen Figur des Heiligen Nikolaus von Myra.

<u>*Frühes Leben:*</u>

Der Heilige Nikolaus wurde in der Stadt Patara, Lykien (heute Teil der Türkei), geboren und wuchs in einer wohlhabenden Familie auf. Nach dem Tod seiner Eltern entschied sich Nikolaus, sein Erbe zu nutzen, um den Armen und Bedürftigen zu helfen. Er wurde bekannt für seine Großzügigkeit und sein Mitgefühl, insbesondere gegenüber Kindern.

<u>*Karriere:*</u>

Nikolaus wurde zum Bischof von Myra ernannt. Er war bekannt für seine Wunder und selbstlose Hingabe an die Armen. Seine legendärste Tat war das heimliche Schenken von Gold an drei verarmte Schwestern, um sie vor einem Leben in Armut zu

bewahren. Damit legte er den Grundstein für den Brauch, Geschenke zu verschenken.

<u>Entwicklung zum Weihnachtsmann:</u>

Im Laufe der Jahrhunderte vermischten sich die Geschichten über den Heiligen Nikolaus mit nordischen Folklore-Elementen, insbesondere in den Niederlanden, wo er als Sinterklaas bekannt war. Die Sinterklaas-Figur wurde später in die Vereinigten Staaten gebracht, wo sie sich allmählich zum modernen Weihnachtsmann entwickelte, einem fröhlichen, rundlichen Mann in einem roten Anzug, der Geschenke an Kinder verteilt.

<u>Der Nordpol:</u>

Im 19. und 20. Jahrhundert wurde die Legende des Weihnachtsmanns weiter ausgeschmückt, und es entstand die Vorstellung, dass er am Nordpol lebt. Dort betreibt er zusammen mit einer Gruppe von Elfen eine Werkstatt, in der das ganze Jahr über Spielzeug und Geschenke für Kinder hergestellt werden.

Das Rentiergespann:

Eine weitere Ergänzung zur Legende war das Konzept der fliegenden Rentiere, die den Schlitten des Weihnachtsmanns ziehen. Die berühmteste Darstellung stammt aus dem Gedicht ‚A Visit from St. Nicholas‘ (auch bekannt als ‚The Night Before Christmas‘) von Clement Clarke Moore.

Aktuelle Rolle:

Heute ist der Weihnachtsmann eine zentrale Figur in der Weihnachtstradition vieler Kulturen. Er symbolisiert die Freude am Geben und die Bedeutung von Mitgefühl und Großzügigkeit. Jedes Jahr am 24. Dezember (Heiligabend) unternimmt er eine fantastische Reise um die Welt, um Geschenke an Kinder zu verteilen.

Der Weihnachtsmann bleibt eine geliebte und zeitlose Figur, die die Werte der Liebe, der Großzügigkeit und des Wunderbaren in der Weihnachtszeit verkörpert.

Willkommen im verzauberten Wald, wo in dieser besonderen Jahreszeit ein Geheimnis in der Luft liegt. Stellen Sie sich einen Ort vor, an dem die Bäume unter einer weißen Schneedecke schlummern und die Sterne am winterlichen Nachthimmel funkeln. In der Mitte dieses Waldes steht ein Baum, anders als alle anderen – der magische Weihnachtsbaum, dessen Lichter jedes Jahr die Herzen der Waldbewohner erwärmen. Doch dieses Jahr ist etwas anders, etwas Unvorhergesehenes ist geschehen: Der Baum, der Quell der Freude und des Lichts, ist plötzlich dunkel und still.

Diese Geschichte, voller Rätsel, Freundschaft und festlichem Glanz, wartet darauf, von Ihnen entdeckt zu werden. Lassen Sie uns gemeinsam das Geheimnis des dunklen Baumes lüften!

Das Weihnachtswunder im Tierwald

In dem kleinen, verschneiten Wald, wo die Tiere sich jedes Jahr auf das Weihnachtsfest freuten, herrschte dieses Jahr eine ungewohnte Stille. Der magische Weihnachtsbaum im Herzen des Waldes, bekannt für sein leuchtendes, farbenfrohes Licht, blieb in dieser Saison merkwürdig dunkel.

Freddy, der neugierige Fuchs, war der Erste, der das Fehlen des Lichts bemerkte. Er lief schnell zu Emma, der weisen Eule, die auf dem höchsten Ast des ältesten Baumes wohnte. „Emma, Emma! Hast du gesehen? Der Weihnachtsbaum leuchtet nicht! Was sollen wir nur tun?", rief Freddy besorgt.

Emma, mit ihren klugen Augen, die schon viele Winter gesehen hatten, nickte bedächtig. „Ja, Freddy, das habe ich bemerkt. Das ist in der Tat sehr ungewöhnlich. Dieser Baum ist ein Symbol unserer Weihnachtsfreude."

In diesem Moment kam Benny, der schüchterne Rehbock, hinzu. Mit zitternder Stimme sagte er: „Ohne das Licht des Baumes wird es kein richtiges Weihnachtsfest geben. Wir müssen etwas tun!"

Die drei Freunde versammelten sich unter dem dunklen Baum und überlegten. Da berichtete Emma von einer uralten Legende.

„Es gibt eine Geschichte, die seit Generationen in unserem Wald erzählt wird. Sie spricht von einem alten Zauberspruch, der den Baum erleuchten kann. Aber niemand weiß, wo dieser Spruch zu finden ist."

Freddy sprang aufgeregt auf. „Dann müssen wir diesen Spruch finden! Lasst uns das Abenteuer beginnen!"

Benny nickte schüchtern, aber entschlossen. „Ja, wir können unser Weihnachtsfest nicht einfach so verlieren. Ich bin dabei!"

So machten sich Freddy, Emma und Benny auf den Weg, das Geheimnis des dunklen Baumes zu lüften. Ihr erstes Ziel war, das alte Buch zu finden, in dem der magische Zauberspruch verzeichnet sein sollte. Sie wussten, dass ihre Reise nicht einfach sein würde, aber ihr Mut und ihre Freundschaft würden sie durch jede Herausforderung tragen.

～

Nachdem sie sich auf den Weg gemacht hatten, führte ihre Reise sie tief in den Wald, zu einem Ort, den selbst Freddy nur aus Erzählungen kannte. Es war eine alte, verborgene Höhle, bekannt als das Archiv des Waldes, wo Geheimnisse und Geschichten aufbewahrt wurden.

„Hier drinnen muss es sein", flüsterte Emma, als sie vorsichtig in die dunkle Grotte blickten. „Aber seid auf der Hut, es heißt, die Höhle ist voller Rätsel und Prüfungen, um die alten Schätze zu schützen."

Freddy, mutig wie immer, ging voran, seine Augen blitzten vor Aufregung. Benny folgte etwas zögerlicher.

In der Höhle entdeckten sie Pfade, die in verschiedene Richtungen führten, und an jeder Kreuzung gab es Rätsel, die gelöst werden mussten.

Das erste Rätsel war ein Gedicht, das an der Wand stand. Es sprach von den Jahreszeiten und den Geschenken, die jede mit sich brachte. Freddy dachte nach und rief dann: „Es ist der Frühling! Er bringt Blumen und neues Leben." Die Wand verschob sich, und ein Pfad öffnete sich.

Weiter ging es durch Gänge, in denen die Wände mit alten Geschichten und Bildern geschmückt waren. Die Freunde lösten zusätzliche Rätsel, die von der Natur, den Sternen und den Tieren des Waldes erzählten. Mit jeder gelösten Aufgabe fühlten sie sich dem alten Buch näher.

Schließlich erreichten sie eine große Kammer. In der Mitte stand ein alter, staubiger Tisch, und darauf lag das gesuchte Buch. Es war alt und abgenutzt, aber seine Seiten schimmerten im schwachen Licht der Kammer.

„Das ist es!", rief Benny freudig aus. Emma flog hinauf, um das Buch zu öffnen. Darin fanden sie alte Zaubersprüche, Weisheiten und den Spruch, der den Weihnachtsbaum erleuchten konnte.

Aber ihre Freude war kurz. Emma las die Worte: „Damit der Spruch wirkt, muss er vor Sonnenuntergang am Weihnachtsabend gesprochen werden."

Sie sahen einander an, ihre Augen weit vor Sorge. Der Heilige Abend war nicht mehr fern, und der Weg zurück durch den Wald würde Zeit in Anspruch nehmen. Sie mussten sich beeilen.

Mit dem Buch sicher in ihren Pfoten, Federn und Klauen machten sich die Freunde auf den Rückweg, fest entschlossen, das Weihnachtsfest zu retten.

Nachdem sie das alte Buch mit dem Zauber-spruch in ihren Pfoten hatten, waren Freddy, Emma und Benny sich der drängenden Zeit bewusst. Der Heilige Abend war nahe, und der Spruch musste vor Sonnenuntergang gesprochen werden.

Ihre Reise zurück durch den Wald war ein echtes Abenteuer. Der Schnee fiel dichter, und der Pfad war nicht mehr so klar zu erkennen wie auf dem Hinweg. Freddy, mit seinen scharfen Augen, führte die Gruppe, während Emma von oben nach Weg-zeichen Ausschau hielt.

Plötzlich hörten sie ein leises Jammern. In einer Vertiefung fanden sie einen jungen Igel, der sich verirrt hatte und nicht mehr zu seinem Zuhause zu-rückfinden konnte. Trotz der Eile beschlossen sie, dem kleinen Igel zu helfen.

Emma flog hoch, um einen Überblick zu bekom-men, und fand schnell den Weg zum Igelhaus. Nachdem sie den Igel sicher nach Hause gebracht hatten, dankte ihm seine Familie mit einer Abkür-zung durch den Wald, die ihnen wertvolle Zeit sparte.

Weiter ging es durch den verschneiten Wald, aber die Zeit lief ihnen davon. Der Himmel begann sich zu verdunkeln, und die ersten Sterne leuchteten auf.

„Wir müssen uns beeilen!", rief Freddy. „Der Sonnenuntergang naht!"

Sie liefen und flogen, so schnell sie konnten, vorbei an alten Bäumen und über gefrorene Bäche. Als der Wald sich lichtete, konnten sie endlich den magischen Weihnachtsbaum in der Ferne sehen. Doch die Sonne neigte sich bereits gefährlich dem Horizont zu.

Mit letzter Kraft erreichten sie den Baum, gerade als die letzten Strahlen der Sonne hinter den Hügeln verschwanden. Es war ein Wettlauf gegen die Zeit, aber sie hatten es geschafft, gerade noch rechtzeitig.

Emma schlug das Buch auf und fand den Zauberspruch. Die drei Freunde versammelten sich um den Baum, bereit, das Weihnachtslicht zu entzünden und ihr Fest zu retten.

∿∿

Mit dem alten Buch, das vor ihnen geöffnet war, und dem magischen Weihnachtsbaum, der im Zwielicht schimmerte, waren Freddy, Emma und Benny bereit, den Zauberspruch zu sprechen. Doch bevor sie beginnen konnten, wurden sie von einer unerwarteten Stimme unterbrochen.

„Was macht ihr da?", rief eine besorgte Stimme. Es war Marvin, der Maulwurf, begleitet von einer Gruppe Waldbewohner. Sie hatten die drei Freunde beobachtet und fälschlicherweise angenommen, dass sie den Baum beschädigen wollten.

„Wir retten das Weihnachtsfest!", erklärte Freddy schnell, aber die Menge war skeptisch. Gerüchte hatten sich verbreitet, dass Freddy, Emma und Benny für das Erlöschen des Baumes verantwortlich waren.

Emma, die weise Eule, hob ihre Stimme. „Liebe Freunde, wir haben das alte Buch aus der Höhle geholt. Darin ist ein Zauberspruch, der den Baum wieder zum Leuchten bringen wird."

Doch die Tiere des Waldes waren verwirrt und misstrauisch. Sie hatten Angst, dass das Lesen des Spruchs die Situation verschlimmern könnte. Die Stimmung wurde angespannt, und es schien, als würde ein Streit ausbrechen.

In diesem Moment trat Benny vor. Normalerweise schüchtern und zurückhaltend fand er die Kraft, seine Stimme zu erheben.

„Bitte, glaubt uns! Wir wollen alle dasselbe – ein leuchtendes Weihnachtsfest. Wir müssen zusammenarbeiten, um das zu erreichen."

Benny begann dann, eines der Weihnachtslieder zu singen, das er so liebte. Seine klare, sanfte Stimme berührte die Herzen der versammelten Tiere. Einer nach dem anderen stimmten die Waldbewohner mit ein, und die Atmosphäre des Misstrauens und der Angst wich einem Gefühl der Gemeinschaft und Hoffnung.

Als das Lied endete, nickte Marvin, der Maulwurf. „Vielleicht sollten wir ihnen vertrauen. Wir alle wollen, dass das Licht zurückkehrt."

Mit der Zustimmung der anderen Tiere begann Emma, den Zauberspruch laut vorzulesen. Die Worte waren alt und mächtig, und mit jedem ge-

sprochenen Wort begann der Baum zu schimmern und zu funkeln.

∿∿

Als Emma den letzten Satz des Zauberspruchs aussprach, erstrahlte der Weihnachtsbaum in einer wunderbaren Helligkeit. Hunderte von funkelnden, farbenfrohen Lichtern leuchteten auf, heller und schöner als je zuvor. Die Tiere des Waldes staunten und jubelten vor Freude. Das Weihnachtsfest war gerettet!

Freddy, Emma und Benny standen Hand in Hand, oder besser Pfote in Pfote, unter dem strahlenden Baum. Sie hatten es gemeinsam gemeistert, und die Freude in ihren Herzen war unermesslich.

„Wir haben es zusammmen geschafft", sagte Freddy mit einem breiten Grinsen. „Das ist das wahre Weihnachtswunder – Freundschaft und Zusammenhalt."

Benny, der früher so schüchtern war, fühlte sich mutig und stolz.

„Ja, und jeder von uns hat etwas Besonderes dazu beigetragen."

Emma, die weise, alte Eule, nickte zufrieden.

„Dies wird ein Erlebnis sein, das wir viele Jahre im Wald erzählen werden. Eine Geschichte über Mut, Vertrauen und das Licht der Gemeinschaft."

Die Tiere des Waldes versammelten sich um den Baum und begannen, Weihnachtslieder zu singen. Die Melodien erfüllten die kalte Winterluft mit Wärme und Freude. Es gab Leckereien zu essen, Geschichten zu erzählen und Tänze um den leuch-

tenden Baum.

An diesem Abend lernten die Tiere des Waldes, dass wahre Weihnachtsmagie in den Herzen liegt. Und jedes Jahr, wenn der Weihnachtsbaum

wieder erstrahlte, erinnerten sie sich an das Abenteuer von Freddy, Emma und Benny und das Weihnachtswunder im Tierwald.

Damit endet meine bezaubernde Weihnachtsgeschichte, voller Abenteuer, Freundschaft und festlichem Zauber. Ich hoffe, diese Geschichte bringt Freude und Inspiration.

Der Weihnachtsgeist

Der Weihnachtsabend brach herein, und wie jedes Jahr schien die Welt in einem Strudel aus Hektik und Stress zu versinken. Die Menschen hetzten durch die überfüllten Einkaufszentren, als ob sie versuchten, den letzten verlorenen Schatz des Weihnachtsmanns zu finden. Die Straßen waren verstopft von gestressten Autofahrern, die sich gegenseitig mit lautem Hupen und wilden Gesten verärgerten. In den Häusern wurde geputzt, geschmückt und gekocht, als ob die Königin höchstpersönlich zu Besuch kommen würde und eine Abneigung gegen Staub hatte.

Mitten in diesem Chaos befand sich die Familie Müller. Die Hausfrau rannte durch das Haus, rief ihren Kindern Befehle zu, als ob sie eine Militärparade dirigieren würde, und versuchte gleichzeitig, ein Festessen zuzubereiten, als ob sie für das gesamte Weihnachtsdorf verantwortlich wäre. Herr Müller war damit beschäftigt, den Weihnachtsbaum aufzustellen. Er kletterte dazu auf eine Leiter, die so hoch war, dass sie fast den Eiffelturm zu errei-

chen schien, um die Spitze des Baumes zu schmücken. Die Kinder stritten sich darum, wer das erste
Geschenk auspacken durfte, und führten dabei
einen dramatischen Zweikampf, bei dem sogar die
Nachbarn Wetten abschlossen.

„Das ist doch nicht mehr zum Aushalten!", seufzte
Frau Müller verzweifelt und warf sich in einem
dramatischen Akt auf das Sofa. „Ich habe das Gefühl, dass der Weihnachtsstress jedes Jahr schlim-
mer wird, und ich bin kurz davor, den Weihnachtsbaum einfach aus dem Fenster zu werfen!"

Herr Müller nickte zustimmend, verlor dabei
aber das Gleichgewicht auf seiner Leiter und landete kopfüber im Tannenbaum. „Stimmt, Schatz. Es
sollte doch eine besinnliche Zeit sein, aber stattdessen rennen wir wie bekloppt durch die Gegend und
benehmen uns, als ob wir für die Olympischen
Spiele im Weihnachtsmann-Tannenbaumklettern
trainieren!"

Die Situation schien aussichtslos, bis plötzlich
ein lautes Geräusch die Stille durchbrach, und Familie Müller zusammenzucken ließ.

∿

Gerade als die Familie am Rande des Nervenzu-sammenbruchs war, klingelte es an der Tür. Frau Müller öffnete, und vor ihnen stand ein seltsam ge-kleideter Mann mit einem breiten Lächeln im Ge-sicht, das so strahlte, dass es fast die Lichterketten am Weihnachtsbaum in den Schatten stellte.

„Fröhliche Weihnachten!", rief der Mann in einem Tonfall, der klang, als hätte er die Verlosung des Jahrhunderts gewonnen. „Ich bin der Weih-nachtsgeist der Entschleunigung, und ich bin hier, um euch zu helfen."

Die Familie Müller sah sich verdutzt an und dann zurück zum Gast an der Tür, der in einem roten Glitzeranzug und mit einer blinkenden Rentiermüt-ze auf dem Kopf vor ihnen stand.

„Der Weihnachtsgeist der Entschleunigung?", fragte Frau Müller skeptisch und versuchte, ihre Lachanfälle zu unterdrücken.

„Genau", antwortete der Geist und schwenkte eine glitzernde Zuckerstangen-Flagge. „Ihr habt den wahren Geist von Weihnachten aus den Augen ver-

loren. Lasst mich euch zeigen, wie man die Feiertage wirklich genießen kann."

Und so führte der Weihnachtsgeist der Entschleunigung die Müller's durch ihr eigenes Haus und zeigte ihnen, wie sie die Dekorationen bewundern und die Atmosphäre genießen konnten, anstatt sich nur auf die Arbeit zu konzentrieren. Er veranstaltete eine Schneeballschlacht im Wohnzimmer, die Tannenzweige flogen in hohem Bogen durch die Luft.

Dann saßen sie zusammen am Esstisch und nahmen sich Zeit, um gemeinsam zu essen und sich zu unterhalten, anstatt in der Küche herumzuhetzen. Der Weihnachtsgeist servierte eine spektakuläre Pizza in Form eines Weihnachtssterns und lachte so herzhaft, dass die Wände wackelten.

∿∿

Am Abend versammelten sie sich um den festlich beleuchteten Weihnachtsbaum und sangen gemeinsam Weihnachtslieder. Der Weihnachtsgeist der Entschleunigung spielte auf einer Luftgitarre, und die Familie sang so laut, dass die Nachbarn sich begeistert dazu gesellten.

Als sie schließlich die Geschenke austauschten, taten sie es mit Liebe und Dankbarkeit, anstatt sich über den Inhalt zu streiten. Jeder Geschenkanhänger war mit witzigen Sprüchen versehen, die die Familie zum Lachen brachten, und die Geschenke selbst waren so einfallsreich verpackt, dass sie für Schreie der Freude sorgten.

Familie Müller hatte eine wunderbare und besinnliche Weihnachtsnacht, dank dem Weihnachtsgeist der Entschleunigung. Sie hatten gelernt, dass es an Weihnachten nicht darum geht, die perfekte Show abzuliefern, sondern Zeit mit den Liebsten zu verbringen und die kleinen Freuden des Lebens zu schätzen.

Und so endete diese Weihnachtsgeschichte mit einem herzlichen Lachen, einem Gefühl der Verbundenheit und der Erkenntnis, dass der wahre

Geist von Weihnachten nicht im Stress und der Hektik liegt, sondern in der Ruhe, der Liebe und der Freude am Miteinander.

Die Müller's hatte den wahren Zauber von Weihnachten gefunden. Und dieser Zauber würde sie für immer begleiten, zusammen mit den Erinnerungen an den Weihnachtsgeist der Entschleunigung, der ihnen gezeigt hatte, wie man Weihnachten wirklich feiert - mit einer ordentlichen Portion Humor und einer Prise Verrücktheit.

Wer oder was ist der Weihnachts-geist?

Der Weihnachtsgeist ist wie ein besonderes Gefühl, das in der Weihnachtszeit überall zu spüren ist. Man kann sich das vorstellen wie eine warme, kuschelige Decke, die die Welt ein bisschen schöner und freundlicher macht. Hier sind einige Dinge, die zum Weihnachtsgeist gehören:

<u>Schenken und Teilen</u>: Zu Weihnachten geht es darum, anderen Menschen Freude zu bereiten. Das kann durch Geschenke sein, aber auch durch kleine Gesten wie ein Lächeln oder Hilfe anbieten.

<u>Zusammen sein</u>: Weihnachten ist die Zeit, um mit der Familie das Ereignis zu zelebrieren. Es ist, als ob alle ein bisschen näher zusammenrücken, um gemeinsam zu lachen, zu spielen und zu feiern.

<u>Freude und Spaß</u>: In der Weihnachtszeit gibt es schöne Lichter, bunte Dekorationen und lebenslustige Musik. Alles scheint heller und fröhlicher zu sein, als würde die ganze Welt ein Fest feiern.

<u>Helfen und Fürsorge</u>: Diese Zeit erinnert daran, an andere zu denken, die Hilfe brauchen. Das kann ein freundliches Wort sein, jemandem bei etwas

helfen oder einfach nur nett zu jemandem sein, der traurig aussieht.

<u>Nachdenken und Frieden:</u> Weihnachten ist eine Zeit, in der man innehalten und sich über die schönen Dinge im Leben freuen kann, wie die Liebe der Familie und das Glück des Zusammenseins.

<u>Hoffnung und fröhliche Gedanken:</u> Der Weihnachtsgeist bringt die Botschaft, dass es immer etwas gibt, worauf man sich freuen kann, und dass die Zukunft hell und fröhlich aussehen kann.

So ist der Weihnachtsgeist, der wie eine Art Zauberer die Welt in eine fröhlichere, liebevollere und hoffnungsvollere Menschheit verwandelt. Es ist eine magische Zeit, in der gezeigt wird, wie wichtig es ist, sich umeinander zu kümmern.

Mäusezauber zu Weihnachten

Die Mäuse-Weihnachtskonferenz

Im verborgenen Reich unter den Dielen eines alten Landhauses, wo Spinnweben als Kronleuchter dienten und Kronkorken als schicke Beistelltische fungierten, herrschte ein geschäftiges Getuschel und Gekicher. Es war der Tag der großen Mäuse-Weihnachtskonferenz, ein Ereignis, das mehr Spannung versprach als ein Stück Käse in einer Mausefalle.

In der ersten Reihe saßen Max, eine Maus mit einem so auffälligen Monokel, dass es fast seine halbe Schnauze bedeckte, und Molly, berühmt für ihren Schal, der so bunt war, dass er bei den anderen Mäusen Augenschmerzen verursachte. Beide waren berüchtigt für ihre abenteuerli-

chen Eskapaden – und für die gelegentlichen Katastrophen, die daraus resultierten.

„Molly, mein Plan für dieses Jahr ist so brillant, er könnte das Universum erleuchten!", flüsterte Max, während er versuchte, sein ständig verrutschendes Monokel zu justieren.

„Hoffentlich nicht so brillant wie deine Käserakete letztes Jahr, die fast unseren ganzen Käsevorrat in den Orbit geschossen hätte", erwiderte Molly mit einem Grinsen, das verriet, dass sie insgeheim solche Verrücktheiten liebte.

„Nein, nein, diesmal wird es ein Fest! Ein Käsefest! Mit allen Schikanen!", verkündete Max, während er wild mit den Armen fuchtelte und beinahe seinem Nachbarn das Ohr abrasierte.

„Ein Fest, Max? Wir sind Mäuse, keine Partyplaner", warf der Mäuse-Bürgermeister ein, der eine Krone trug, die eher aussah, als wäre sie aus einer alten Käseverpackung gebastelt worden.

Max, unbeeindruckt von der Skepsis, sprudelte weiter: „Stellt euch vor: Ein Fest mit köstlichen Käsehäppchen, Dekorationen, die glänzen wie Käserinde im Mondschein, und als Krönung – ein Käse so groß, dass er seine eigene Postleitzahl hat!"

Bei dieser Vorstellung begannen die Mäuse in der Versammlung, sich so sehr zu freuen, dass man meinen könnte, sie hätten gerade den Käsevorrat des Jahrhunderts entdeckt.

„Und wie, mein lieber Max, gedenkst du all das zu bewerkstelligen?", fragte der Bürgermeister, während seine Papierkrone in gefährliche Schieflage geriet.

Max zwinkerte. „Nun, zuerst brauchen wir den Käse. Einen riesigen, majestätischen Käse. Und ich weiß genau, wo wir ihn finden können."

Die Mäuse rückten näher zusammen, die Augen leuchteten vor Vorfreude und Neugier. Max und Molly tauschten einen verschwörerischen Blick. Das nächste Abenteuer kündigte sich bereits an, und es versprach, legendär zu werden.

Das Geheimnis des alten Speichers

Mit einer Mischung aus Vorfreude und einem Hauch von „Was-haben-wir-uns-da-nur-eingebrockt?"-Gefühl, machten sich Max und Molly auf den Weg zum alten Speicher. Dieses Lagerhaus, ein Ort, der so viele Geheimnisse beherbergte wie ein Emmentaler Löcher hat. Er war seit Jahren ver-

schlossen und diente als Sammelplatz für allerlei kuriosen menschlichen Krimskrams.

„Glaubst du wirklich, dass dort Geister hausen?", fragte Molly, während sie elegant über eine Mausefalle sprang, als wäre es ein Teil ihres täglichen Fitnessprogramms.

„Geister? Ach was, ich fürchte mich mehr vor dem Staub da drin", antwortete Max, dessen Monokel bei jedem Sprung drohte, sich selbstständig zu machen.

Nach einer olympiareifen Turneinlage durch alte Rohre und über staubige Balken erreichten sie eine kleine Luke, die in den Speicher führte. Mit vereinten Kräften und ein paar unkoordinierten Stoßbewegungen, die eher einem Tanz ähnelten, schoben sie die Luke auf. Was sie dann sahen, ließ sie sprachlos werden.

Der Speicher hatte sich in ein verstecktes Weihnachtswunderland verwandelt. Alte Weihnachtskugeln funkelten wie Sterne, Girlanden umschlangen die Möbel wie glitzernde Schlangen, und in der Mitte, beleuchtet von einem dramatischen Licht-

strahl, thronte ein Käse, so groß, dass er seine eigene Gravitationskraft zu haben schien.

„Das ist … das ist …", begann Molly, ihre Augen so groß wie Untertassen.

„… der Olymp der Käse", vollendete Max mit Ehrfurcht in der Stimme.

Doch die Stille wurde jäh unterbrochen, als eine Schattengestalt hervortrat, es war der Kater von Herrn Griesgram. Der Schrecken aller Mäuse stand da, gähnte gelangweilt, als hätte er gerade den spannendsten Teil einer Mäuse-Dokumentation verpasst.

„Er sieht genauso verwirrt aus wie wir", wisperte Molly.

„Oder er hat gerade sein Mittagsschläfchen gehalten", flüsterte Max zurück.

Mit einem eleganten Sprung verschwand der Kater durch eine Dachluke, wahrscheinlich um seinen eigenen Abenteuern nachzugehen, die sicherlich weniger mit Käse zu tun hatten.

„Das war … unerwartet", seufzte Molly. „Aber jetzt zum Hauptteil: Wie transportieren wir den Mount Käse-Everest hier raus?"

Max kratzte sich am Kopf, was sein Monokel endgültig zum Absturz brachte. „Nun, das wird eine logistische Meisterleistung. Aber zuerst: Zurück zum Hauptquartier. Wir brauchen ein Dreamteam. Ein Team aus den cleversten, mutigsten und …"

„… käsevernarrtesten Mäusen", beendete Molly seinen Satz mit einem verschmitzten Lächeln.

Voller Talendrang und mit Köpfen, die vor wilden Plänen brummten, machten sie sich auf den Rückweg. Der Speicher, einst ein Ort des Vergessens, hatte sich als Schatztruhe entpuppt, und das größte Käsefest der Mäusegeschichte rückte in greifbare Nähe.

Die Käsediebstahl-Mission

In einem verlassenen Schuhkarton, der so kunstvoll in ein Hauptquartier umgestaltet worden war, dass es fast nach Innenarchitektur für Mäuse aussah, trafen sich Max und Molly mit den talentiertesten Mäusen der Stadt. Da war Sammy, der so schnell war, dass er sich selbst manchmal überholte, Bella, eine Mausefallen-Entschärfungsexpertin mit einer Narbe, die sie wie eine Piratenmaus aus-

sehen ließ, und Rolf, der Techniker, der alles reparieren konnte, solange es nicht größer als ein Babybel war.

„Also, Team, es steht ein enormer Käse auf dem Spiel", begann Max mit einer Stimme, die versuchte, Dramatik auszustrahlen. „Ein Käse, so groß, dass er wahrscheinlich eine eigene Postleitzahl hat."

„Direkt unter der Nase von Herrn Griesgrams gefürchtetem Kater", fügte Molly hinzu.

„Eine Katze? Die einzigen Katzen, die ich mag, sind ausgestopfte", murmelte Sammy.

„Keine Sorge", beruhigte Bella ihn. „Ich habe genug Tricks auf Lager, um einen ganzen Katzenchor auszutricksen."

Rolf rollte einen Plan des Speichers aus, der auf einem alten Stück Kaugummipapier gezeichnet war. „Ich habe eine Idee, wie wir den Käse bewegen können. Es wird allerdings etwas, sagen wir, unkonventionell."

„Unkonventionell ist unser zweiter Name", sagte Molly mit einem Grinsen, das verriet, dass sie jede Sekunde davon liebte.

Die Planung war ein wildes Hin und Her aus abstrusen Ideen und Käsekrümeln, die als Modelle dienten. Schließlich stand der Plan: Sammy und Bella würden Ablenkungsmanöver durchführen, während Rolf und einige andere Mäuse ein ausgeklügeltes Transportsystem aus Garn und Knöpfen errichteten.

In der Dämmerung, die perfekt für Mäuse-Heldentaten war, führten Max und Molly ihr Team an, bewaffnet mit Mut und einem Übermaß an Garn.

„Ganz leise! Erinnert euch, leise wie eine Maus", flüsterte Max.

„Das sollte uns im Blut liegen", kicherte Molly.

Die Operation war in vollem Gange. Sammy und Bella sorgten für die Ablenkung des Katers, die einer Zirkusvorstellung würdig war, während Rolf und sein Team mit dem Käse rangen. Alles lief nach Plan, bis …

„Hatschi!" Rolf nieste laut. Alle erstarrten. Der Kater hob den Kopf.

„Jeder für sich!", rief Max, und ein wildes Durcheinander brach aus. Mäuse flitzten in alle Richtungen, das Garn verhedderte sich, und der

Kater ... der Kater, statt den Mäusen hinterherzuja-
gen, schlich er sich ganz verträumt ans Fenster, die
Nase in die Luft gereckt und ein seliges Schnurren
in der Kehle. Seine Aufmerksamkeit war voll und
ganz auf etwas außerhalb des Speichers gerichtet.

„Was ist los mit ihm?", flüsterte Sammy.

„Schaut mal", antwortete Bella und deutete
durch das Fenster auf das Nachbarhaus. Dort saß
auf dem Fenstersims eine Katzendame, die offensichtlich rollig war und alle Aufmerksamkeit des
Katers auf sich zog.

„Ah, die Macht der Liebe", seufzte Rolf.

Erleichtert, aber auch belustigt über die romanti-
schen Eskapaden des Katers, setzten sie ihre Mission fort. Der Käse bewegte sich, langsam, aber sicher.

„Ein kleiner Schritt für eine Maus, ein riesiger
Sprung für die Mäusewelt", verkündete Max theat-
ralisch.

Mit einem letzten Kraftakt und viel Teamarbeit
rollte der Käse in ihr Versteck. Die Mission war ge-
glückt, und der Kater? Der war immer noch in seinen amourösen Träumereien versunken.

Eine unerwartete Wendung

Nachdem der Käse sicher verstaut war, beschlossen Max und Molly, den Speicher erneut zu erkunden, getrieben von der Hoffnung auf weitere schrullige Entdeckungen. „Vielleicht finden wir mehr verrückte Dinge für unser Fest", meinte Molly, während sie eine Staubwolke wegpustete, die aussah wie ein Miniaturgewitter.

In einer abgelegenen Ecke des Speichers stießen sie auf eine skurrile Einrichtung, die aussah wie das Wohnzimmer eines exzentrischen Sammlers. Ein Sessel, der eher einer Patchwork-Decke glich, stand neben einem Tisch aus alten Holzpaletten. Darauf befand sich eine halb abgebrannte Kerze in einem Kerzenhalter, die brannte und flackerte. Das Highlight des Raumes war ein „Fernseher", der nichts anderes war als ein alter Bilderrahmen. Darin befand sich ein sorgfältig ausgeschnittenes Bild einer lodernden Kaminfeuer-Szene. Das Kerzenlicht warf tanzende Schatten, die eine gemütliche, wenn auch etwas skurrile Atmosphäre schufen.

Überall lagen kuriose Gegenstände verteilt: Eine Spielzeugfigur mit nur einem Auge, eine Schnur bunter Knöpfe, die aussah wie eine Miniatur-Weihnachtsgirlande und ein kleines, sorgfältig platziertes Foto in einer Ecke.

„Sieht aus, als hätte jemand probiert, es sich hier gemütlich zu machen", bemerkte Max und versuchte, sich vorzustellen, wie man in so einer bizarren Umgebung entspannen könnte.

„Ja, aber wer?", fragte Molly, als plötzlich die Tür quietschte und jemand den Raum betrat.

Es war Herr Griesgram höchstpersönlich, in einem Weihnachtspullover, der so bunt und schrill war, dass er vermutlich aus der Mode geraten war, bevor er überhaupt in Mode kam. In der Hand hielt er eine Tasse mit dampfendem Kakao, den er fast verschüttete, als er den Käse erblickte, oder besser gesagt, dessen leeren Platz.

„Hallo Käse, wo bist du denn hin?", murmelte er verwirrt. „Du bist mein einziger Weihnachtsbesucher dieses Jahr."

Max und Molly, die sich hinter einer alten Standuhr versteckten, tauschten verdutzte Blicke aus. „Er redet mit dem Käse?", wisperte Molly.

„Ich glaube, er ist einsamer, als wir dachten", flüsterte Max zurück.

Sie beobachteten, wie Herr Griesgram sich umsah, mit einem Hauch von Traurigkeit in seinen Augen.

„Früher waren die Weihnachten so fröhlich, mit Familie und Freunden. Jetzt habe ich nur noch meinen Käse … der jetzt auch weg ist."

Ein Gefühl der Schuld und des Mitleids ergriff Max und Molly. Sie waren darauf vorbereitet gewesen, einen mürrischen Mann zu überlisten, aber nicht einem einsamen Grufti zu begegnen.

„Max, ich glaube, wir müssen unseren Plan ändern", flüsterte Molly.

„Ja", stimmte Max zu, „es ist Zeit, Weihnachten in ein Fest für alle zu verwandeln, sogar für mürrische alte Käseliebhaber wie Herr Griesgram."

Die beiden schlichen sich zurück zu den anderen Mäusen, die Augen voller Entschlossenheit.

„Änderung des Plans", erklärte Max. „Wir veranstalten das größte Käsefest der Geschichte, und unser Ehrengast wird niemand Geringeres sein als Herr Griesgram."

Die Gesichter der anderen Mäuse spiegelten eine Mischung aus Schock und Begeisterung wider. Ein Fest mit Herrn Griesgram? Das hatte es noch nie gegeben!

Das größte Käsefest

Heiligabend, die Nacht des großen Käsefestes war gekommen. Der Speicher, einst ein verstaubter, vergessener Ort, war nun in ein funkelndes Weihnachtswunderland verwandelt worden. Jede Ecke war geschmückt mit allem, was Mäuse an Dekoration aufbieten konnten: Glitzernde Knopfketten, Girlanden aus buntem Garn und in der Mitte prangte der majestätische Käseberg, der so imposant war, dass er beinahe ein eigenes Wetterphänomen zu haben schien.

Max, Molly und ihr Team hatten unermüdlich gearbeitet, um alles für die große Überraschung vorzubereiten.

„Glaubt ihr, er wird wirklich kommen?", fragte Sammy, während er einen letzten Girlandenknoten festzog.

„Wenn er den Duft dieses wunderbaren Käses in der Nase hat, wird er nicht widerstehen können", meinte Bella zuversichtlich.

Sie hatten eine besondere Einladung für Herrn Griesgram vorbereitet, einen Miniaturbrief, sorgfältig eingeklemmt in der Tür seines Hauses. Die Mäuse versteckten sich und warteten gespannt.

Als die Tür knarrte und Herr Griesgram den Speicher betrat, hielt die Versammlung den Atem an. „Was zum …?", murmelte er, als er das verwandelte Reich erblickte. Seine Augen weiteten sich beim Anblick des Käseberges, und für einen Moment stand er einfach nur da, sprachlos.

„Überraschung! Frohe Weihnachten, Herr Griesgram!", riefen die Mäuse im Chor, als sie aus ihren Verstecken hervorsprangen.

Der alte Mann ließ vor Schreck seine Kakaotasse fallen. „Mäuse? Ihr habt das alles gemacht?"

„Ja", sagte Max mit einem breiten Grinsen. „Wir wollten Ihnen zeigen, dass Weihnachten für jeden da ist, selbst für die, bei denen man es am wenigsten erwartet."

Herr Griesgram blickte sich um, sichtlich überwältigt. „Das ist … das ist das schönste Geschenk, das ich je bekommen habe."

Das Fest nahm seinen Lauf, und zu jedermanns Überraschung entpuppte sich Herr Griesgram als hervorragender Tänzer. Nach ein paar Tassen seines speziellen Weihnachtskakaos wirbelte er durch den Raum, als hätte er sein ganzes Leben nichts anderes getan.

Max und Molly beobachteten das Geschehen mit einem Lächeln.

„Siehst du", sagte Molly, „Weihnachten ist wirklich magisch."

„Ja", stimmte Max zu, „und ein wenig Käse schadet auch nicht."

Die Nacht war erfüllt von Lachen, Tanz und natürlich einer Menge Käse. Es wurde ein Fest, das in die Annalen der Mäusegeschichte eingehen würde,

das Jahr, in dem Mäuse und ein Mensch gemeinsam feierten.

Eine weihnachtliche Versöhnung

Als der erste Schimmer des Morgengrauens durch die Fenster des alten Speichers fiel, neigte sich das unvergessliche Fest dem Ende zu. Der Raum, der Schauplatz so vieler Lacher, Tänze und neuer Freundschaften geworden war, lag nun still da, abgesehen von dem sanften Schnarchen einiger erschöpfter Mäuse.

Herr Griesgram saß noch immer da, ein zufriedenes Lächeln auf seinem Gesicht, umgeben von den schlafenden Mäusen. Diese Nacht hatte etwas in ihm verändert. Die eisernen Ringe, die er über die Jahre um sein Herz aufgebaut hatte, waren in dieser Nacht der Freundschaft und des Lachens zersprungen.

Max und Molly, die beiden unermüdlichen Organisatoren des Festes, saßen auf einem alten Holzfass, blickten auf die friedliche Szene und reflektierten die Ereignisse.

„Glaubst du, er wird uns nächstes Jahr wieder jagen?", fragte Molly leise.

„Ich glaube, wir haben einen Waffenstillstand für Weihnachten und vielleicht auch für die Tage danach", antwortete Max mit einem Schmunzeln.

Als Herr Griesgram erwachte, fand er die Mäuse, die geduldig auf ihn warteten, und einen kleinen Käsehaufen als Geschenk neben sich.

„Ich … ich weiß nicht, was ich sagen soll", stammelte er, sichtlich bewegt.

„Sie müssen nichts sagen", sagte Max sanft. „Manchmal sind es die kleinen Dinge, die den größten Unterschied machen."

„Und manchmal", fügte Molly hinzu, „bringt ein bisschen Käse Frieden."

Herr Griesgram lächelte. „Ich glaube, ich habe mehr über Mäuse und Weihnachten gelernt, als ich je für möglich gehalten hätte. Danke, meine kleinen Freunde."

So endete die Weihnachtszeit, nicht nur mit einem Fest, sondern auch mit einer neuen Freundschaft. Die Mäuse hatten nicht nur den größten Käse ihrer

Geschichte genossen, sondern auch das Herz eines einsamen alten Mannes erwärmt.

In den folgenden Jahren wurde der Speicher ein Ort der Begegnung und des Feierns für Mäuse und Menschen. Max und Molly wurden zu Helden in ihrer Gemeinschaft, nicht nur für ihre Kühnheit, sondern auch für ihre Weisheit, zu erkennen, dass Weihnachten eine Zeit ist, in der jeder zusammenkommen kann, unabhängig von Größe oder Art.

Und so lebten sie alle, Mäuse und Mensch, in unerwarteter Harmonie, und jedes Jahr, wenn Weihnachten nahte, erinnerten sie sich an das Fest, bei dem alles begann.

Der Stern von Bethlehem

Der Stern von Bethlehem ist ein zentrales Element der Weihnachtsgeschichte und hat eine bedeutende Rolle in der christlichen Tradition. Die Ursprünge dieser Geschichte sind vor allem im Neuen Testament der Bibel zu finden, insbesondere im Matthäus-Evangelium.

Der Stern von Bethlehem wird in der Bibel als ein beispielloser Stern beschrieben, der am Himmel erschien und als Zeichen für die Geburt Jesu Christus diente. Dieser besondere Stern hatte die Aufgabe, die Ankunft des Messias anzukündigen und die Aufmerksamkeit der Menschen auf dieses wichtige Ereignis zu lenken. Es wird erzählt, dass der Stern die Weisen aus dem Osten führte, die auch als die Heiligen Drei Könige bekannt sind. Obwohl die Bibel nicht viele Details über diese Personen preisgibt, werden sie oft als drei Könige aus dem Osten dargestellt, die den Stern beobachteten und ihm folgten. Später wurden ihnen in der christlichen Tradition die Namen Kaspar, Melchior und Balthasar gegeben.

Die Interpretation des Sterns von Bethlehem ist von großer Bedeutung. Es gibt verschiedene Theorien darüber, welche Art von Himmelsphänom der Stern tatsächlich war.

Einige Wissenschaftler glauben, dass es sich um eine natürliche Erscheinung am Himmel handelte, wie eine Konjunktion (scheinbare Annäherung) von Planeten wie Jupiter und Venus, die in der Antike als bedeutungsvoll angesehen wurden. Diese Konjunktion könnte hell genug gewesen sein, um als **Stern** *wahrgenommen zu werden, und sie könnte tatsächlich um die Zeit von Jesu Geburt stattgefunden haben.*

Eine weitere Theorie besagt, dass der Stern von Bethlehem eine Supernova war, eine sehr helle Explosion eines Sterns. Supernovae sind am Himmel als leuchtende Objekte sichtbar und könnten als auffälliges Zeichen gedient haben.

Ein weiterer Vorschlag ist, dass es sich um einen Kometen handelte, der als heller **Stern** *am Himmel erschien. Kometen wurden oft als Vorboten oder Omen betrachtet und könnten als Zeichen für die Geburt eines wichtigen Ereignisses angesehen worden sein.*

Schließlich gibt es Gläubige, die den Stern von Bethlehem als ein übernatürliches Wunder Gottes interpretieren, das speziell für die Ankündigung der Geburt Jesu erschien.

Symbolisch gesehen hat der Stern von Bethlehem eine große Bedeutung in der christlichen Tradition. Er wird oft als Symbol des Lichts und der göttlichen Führung angesehen, da er die Weisen zum neugeborenen Christuskind führte. Dies spiegelt die Vorstellung wider, dass Gott die Menschheit auf den Weg zur Rettung und zum wahren Glauben leitet.

Trotz all dieser theologischen und symbolischen Bedeutungen gibt es keine eindeutigen historischen Aufzeichnungen oder wissenschaftlichen Beweise für die Existenz des Sterns von Bethlehem. Die Bibel bleibt die Hauptquelle für diese Geschichte, jedoch enthält sie keine ausreichenden Details, um eine definitive Schlussfolgerung darüber zu ziehen, was der Stern tatsächlich war. Daher bleibt die Natur dieser Erscheinung ein Thema der theologischen Diskussion und Interpretation, und es liegt oft im Ermessen und Glauben des Einzelnen, wie er

ihn interpretiert. Dieser Stern bleibt somit ein faszinierendes und mysteriöses Element der Weihnachtsgeschichte.

Das stille Leuchten

In einem kleinen, verschneiten Dorf, versteckt zwischen sanften Hügeln und dichten Wäldern, begann die Vorweihnachtszeit. Lichterketten schmückten die Giebel der Fachwerkhäuser, und aus den Schornsteinen stieg Rauch auf, der den Duft von brennendem Holz und gebackenen Plätzchen in die kalte Winterluft trug. Kinder bauten Schneemänner und die Erwachsenen trafen sich auf dem Marktplatz, um die kommenden Festtage zu besprechen.

In einem bescheidenen Anwesen am Rande des Dorfes lebte Anna. Ihr Haus, einst ein Ort des Lachens und der Wärme, stand nun still im Schatten der großen Tanne, die ihren Garten zierte. Seit dem Verlust ihres Mannes Michael vor drei Jahren, hatte Anna sich von den Feierlichkeiten distanziert. Weihnachten, einst ihre liebste Zeit des Jahres, war nun ein stummer Zeuge ihrer Einsamkeit.

An diesem Morgen, als der erste Schnee fiel, saß Anna in ihrem Wohnzimmer, eingehüllt in eine alte Decke, und blickte durch das Fenster. Die Vorfreu-

de der Dorfbewohner, die Vorbereitungen für das Fest – all das wirkte auf sie wie Szenen aus einem anderen Leben. Sie erinnerte sich, wie sie und Michael das Haus geschmückt hatten, wie sein Lachen die Räume erfüllt hatte. Diese Erinnerungen waren nun bittersüße Geister, die sie in der Stille ihres Hauses heimsuchten.

Ihre Nachbarn hatten versucht, sie in die Gemeinschaft einzubinden, aber Anna hatte höflich abgelehnt. Die Kluft zwischen ihrer Trauer und der Freude der anderen schien unüberbrückbar. In den vergangenen Jahren hatte sie es vermieden, den Dachboden zu betreten, wo die Weihnachtsdekorationen aufbewahrt wurden – eine Welt in Kisten, die sie nicht bereit war zu öffnen.

An diesem Tag jedoch, getrieben von einer unerklärlichen Sehnsucht, entschied sie sich, den Dachboden zu betreten. Jede Stufe knarrte unter ihren Schritten, als wäre sie ein Eindringling in einem vergessenen Reich. Der Boden war kalt und staubig, beleuchtet nur durch ein kleines Dachfenster, durch das das trübe Licht des Wintertages fiel.

Hier, zwischen alten Möbeln und Bücherkisten, fand sie den Karton mit den Weihnachtsdekorationen. Ihr Herz schlug schneller, als sie die Kiste öffnete. Doch statt Girlanden oder Kugeln zu enthüllen, entdeckte sie ganz unten einen Stapel alter Briefe und Karten. Zögernd, mit zitternden Händen, nahm sie den ersten Brief. Es war Michaels Handschrift, ein Weihnachtsbrief von vor vielen Jahren.

Als sie las, fühlte sie, wie die Vergangenheit lebendig wurde, wie die Worte sie in eine Zeit zurückführten, in der Liebe und Glück greifbar waren. Jeder Satz, jede liebevolle Zeile war ein Echo ihres gemeinschaftlichen Lebens, ein flüchtiger Hauch von Zeiten, in denen Weihnachten eine gemeinsame Freude war.

In diesem Moment, umgeben von der Stille des Dachbodens und den Geistern der Vergangenheit, begann Anna zu weinen. Es waren Tränen der Trauer, aber auch der Liebe – eine bittersüße Symphonie von Gefühlen, die sie lange unterdrückt hatte. In diesen Briefen, in diesen vergilbten Seiten, fand sie einen Teil von sich selbst wieder, den sie verloren geglaubt hatte.

∿∿

In der Stille des Dachbodens, umgeben von den flüsternden Schatten vergangener Jahre, saß Anna, die Briefe ihres verstorbenen Mannes wie einen kostbaren Schatz in ihren Händen haltend. Draußen hatte es aufgehört zu scheinen, doch in Annas Welt war es, als hätte die Zeit selbst innegehalten.

Die Briefe, verfasst über viele Jahre, waren kleine Kapseln der Zeit – gefüllt mit Liebe, Hoffnungen und gemeinsamen Träumen. Jeder Einzelne war wie ein Fenster, das einen Blick in ihre Vergangenheit gewährte. Sie las von Weihnachten, als sie jung waren, von den Plänen und Visionen, die sie da-

mals hatten, und von den vielen kleinen Freuden ihres Alltags.

Mit jedem Brief, den sie las, wurden die Erinnerungen an Michael stärker. Sie erinnerte sich an die Wärme seiner Hand, den Ton seiner Stimme, das leise Rascheln, als er neben ihr im Bett die Seiten eines Buches umblätterte. Es waren diese kleinen, alltäglichen Dinge, die sie am meisten vermisste.

In einem der Briefe schrieb Michael über ein besonderes Weihnachtsfest, dass sie in ihrer ersten gemeinsamen Wohnung gefeiert hatten. Sie hatten kaum Geld für Dekorationen, also hatten sie Papiersterne gebastelt und einen kleinen, krummen Tannenbaum aufgestellt, der trotz seiner Unvollkommenheit in ihren Augen perfekt war. Michael hatte in diesem Brief seine tiefe Dankbarkeit für ihr gemeinsames Leben ausgedrückt, für die Liebe, die sie teilten, und für die kleinen Freuden, die sie zusammen erlebten.

Annas Tränen trockneten langsam, als sie weiterlas. Die Traurigkeit war immer noch da, doch sie begann sich mit einer süßen Melancholie zu vermischen. Es war, als ob Michael durch diese Zeilen zu ihr sprach, ihr Trost und Wärme aus einer anderen Welt sandte.

Als der Abend hereinbrach, zündete Anna eine alte Lampe an, die den Dachboden in ein weiches, goldgelbes Licht tauchte. Sie fand eine Notiz, die Michael kurz vor seinem letzten Weihnachten geschrieben hatte. Darin sprach er von der Vergänglichkeit des Lebens und der Unvergänglichkeit der Liebe. Er schrieb: „Auch wenn eines Tages einer von uns allein sein sollte, so wird die Liebe, die wir teilen, wie ein ewiges Licht sein, das niemals erlischt."

Diese Worte trafen Anna tief im Herzen. Sie spürte, wie etwas in ihr aufbrach, eine Mischung aus Schmerz und Zuneigung, aus Verlust und Dankbarkeit. Michael war zwar nicht mehr körperlich bei ihr, aber seine Liebe war immer noch ein fühlbarer, lebendiger Teil ihres Daseins.

Als Anna die Briefe wieder in die Kiste legte, fühlte sie eine Veränderung in sich. Die lähmende
Schwere der Trauer war nicht verschwunden, aber
sie hatte nun einen neuen Begleiter gefunden: die
sanfte Kraft der Erinnerung und die stille Hoffnung, dass die Liebe, die sie und Michael geteilt
hatten, immer ein Teil von ihr sein würde.

Sie verließ den Dachboden und trat zurück in das
jetzt dunkle Haus. Draußen begannen die ersten
Sterne am Himmel zu glänzen. Anna schaute hinauf und flüsterte ein stilles „Danke" in die Nacht.

In diesem Moment, allein und doch verbunden
mit der Liebe ihres Lebens, begann sie zu ahnen,
dass dieses Weihnachtsfest anders sein könnte – ein
Weihnachten der Erinnerung, der stillen Freude und
des zarten Lichts der Hoffnung inmitten der Dunkelheit.

∿∿

In den Tagen nach dem Lesen der Briefe veränderte sich etwas in Anna. Die Erinnerungen an Michael und ihre gemeinsamen Weihnachten brachten
einen Hauch von Wärme in ihre kalte, stille Woh-

nung. Sie begann das Haus zu dekorieren, langsam, fast zögerlich, als ob sie sich an etwas erinnerte, das sie lange vergessen hatte.

Zuerst holte sie die alte Weihnachtsgirlande hervor, die sie und Michael jedes Jahr liebevoll um die Haustür gewickelt hatten. Dann stellte sie die klei-ne Holzkrippe, ein Erbstück von Michaels Großmutter, auf das Fenster-brett. Jede Figur, jedes Stück war wie ein Schlüssel, der Türen zu kost-baren Erinne-rungen öffnete.

Annas Traurigkeit wurde langsam von einer tiefen, ruhigen Freude durchdrungen. Sie lächelte, als sie die Papiersterne betrachtete, die sie damals in ihrer ersten gemeinsamen Wohnung aufgehängt hatten. Es waren einfache Dinge, aber sie trugen die Essenz ihrer Liebe und ihres Lebens.

Eines Morgens, während Anna eine Lichterkette am Fenster anbrachte, klopfte es an ihrer Tür. Es war ihre Nachbarin, Frau Weber, eine ältere Dame, die immer versucht hatte, Anna in die Dorfgemeinschaft einzubinden. Sie zögerte einen Moment, aber dann öffnete sie die Tür.

„Ich habe gesehen, dass Sie Ihr Haus dekorieren", sagte Frau Weber mit einem warmen Lächeln. „Es freut mich sehr, Sie wieder am Weihnachtsfest teilnehmen zu sehen."

Anna spürte, wie die Worte ihre einsame Hülle durchbrachen.

„Ja", antwortete sie leise, „es fühlt sich dieses Jahr irgendwie richtig an."

Die Nachricht von Annas verändertem Geist verbreitete sich schnell im Dorf. Eines Nachmittags fand sie einen Korb mit selbst gebackenen Plätzchen vor ihrer Tür, ein Geschenk von den Kindern aus der Nachbarschaft. Anna war berührt von dieser Geste der Gemeinschaft, die sie lange gemieden hatte.

Das stille Leuchten

Sie beschloss, ein kleines Weihnachtsfest zu veranstalten, um Michael zu gedenken und sich bei ihren Hausnachbarn zu bedanken. Sie schickte Einladungen an einige enge Freunde und Nachbarn und begann mit den Vorbereitungen. Während sie kochte und backte, fühlte sie sich lebendig, fast so, als wäre Michael bei ihr, lächelnd und ihre Bemühungen lobend.

Am Tag des Festes war Annas Haus gefüllt mit dem Duft von Glühwein, frischen Plätzchen und Tannengrün. Als ihre Gäste eintrafen, begrüßte sie jeder mit einem Lächeln und einer Umarmung. Es war ein kleines Fest, aber eines, das von Herzen kam.

Sie aßen, tranken und erzählten Geschichten. Anna hörte zu und lachte mit ihnen, und für einen Moment fühlte sie sich wieder als Teil der Welt. Sie redete über Michael, von ihren gemeinsamen Weihnachten und wie er diese Zeit geliebt hatte. Ihre Freunde hörten zu, manche mit Tränen in den Augen, andere mit einem Lächeln. Es war, als ob Michael dort bei ihnen war, in jeder Erinnerung, in jedem Wort.

Als der Abend zu Ende ging und die letzten Gäste das Haus verließen, stand Anna an der Tür und sah ihnen nach. Sie war nicht mehr so allein, nicht mehr so verloren. In diesem kleinen Fest hatte sie nicht nur Michael geehrt, sondern auch ein Stück von sich selbst wiedergefunden.

Sie ging zurück ins Wohnzimmer und saß still da, blickte auf die leuchtenden Kerzen und die funkelnden Lichter. Draußen fielen wieder Schneeflocken, leise und sanft. Anna empfand Frieden in ihrem Herzen, eine Ruhe, die sie lange nicht gespürt hatte.

∿∿

Am Weihnachtsmorgen wachte Anna in ihrem Haus auf, das jetzt nicht mehr so leer und kalt erschien wie früher. Die Spuren des gestrigen Festes, eine verstreute Serviette, eine leere Plätzchendose - brachten ein Lächeln auf ihr Gesicht. Sie war erfüllt von einem sanften, friedlichen Glück.

Als sie in der Küche stand und ihren Morgenkaffee zubereitete, blickte sie durch das Fenster auf die schneebedeckten Straßen des Dorfes. Kinder spiel-

ten draußen, und aus den Häusern drangen die Klänge der Weihnachtsmusik, das Lachen der Menschen und die Geräusche des Familienlebens.

Anna dachte an die vergangenen Weihnachten, die sie in Trauer und Einsamkeit verbracht hatte. Sie erkannte, dass der Schmerz über Michaels Verlust immer ein Teil von ihr sein würde, aber sie musste nicht in dieser Belastung leben. Die Liebe, die sie geteilt hatten, war wie ein Licht, das in ihr brennen würde, und sie hatte gelernt, dass dieses Licht sie durch die Dunkelheit führen konnte.

Sie beschloss, einen Spaziergang durch das Dorf zu machen. Der Schnee knirschte unter ihren Füßen, und die kalte Luft belebte ihre Sinne. Überall sah sie Familien und Freunde, die zusammenkamen, um den Tag zu feiern. Anna fühlte sich nicht mehr ausgeschlossen; stattdessen verspürte sie eine tiefe Verbundenheit mit den Menschen um sich herum.

Als sie an der Kirche vorbeikam, hörte sie den Chor Weihnachtslieder singen. Die Melodien erinnerten sie an Weihnachten mit Michael. Sie lächelte bei dem Gedanken, dass er irgendwo, in einem anderen Dasein grinste und mit ihr zusammen war.

Am Nachmittag kehrte Anna nach Hause zurück. Sie setzte sich in ihr Wohnzimmer, umgeben von den Eindrücken des Festes und der vielen Weihnachten, die sie mit Michael verbracht hatte. Sie war nicht mehr gefangen in ihrer Trauer, sondern befreit durch ihre Erinnerungen und die Liebe, die sie immer in ihrem Herzen tragen würde.

In diesem Moment begriff Anna, dass das Leben weiterging, dass Trauer und Freude nebeneinander existieren konnten. Sie konnte Michael ehren, indem sie weiterlebte, liebte und jeden Moment schätzte.

Die Geschichte endet damit, dass Anna vor dem Fenster steht und in die sternenklare Nacht hinausblickt. In ihren Augen spiegelt sich ein neues Licht, ein Licht der Hoffnung, der Stärke und der Erneuerung. Sie versteht jetzt, dass, obwohl das Leben Veränderungen und Verlust mit sich bringt, die Liebe und die Erinnerungen unsterblich sind.

Mit einem Gefühl der Dankbarkeit und des Friedens schließt sie die Augen und denkt an Michael.

Das Geheimnis des Weihnachts-marktes

In einer kleinen Stadt, die so verschneit war, dass die Häuser aussahen wie Sahnetörtchen, lebte ein Mädchen namens Susanne. Sie war bekannt dafür, mehr Fragen zu stellen als ein Quizmaster und mehr Energie zu haben als das berühmte Duracell-Häschen.

An einem besonders verschneiten Tag saß Susanne bei ihrem Opa, dessen Gesicht so viele Falten zählte, dass jede eine eigene Geschichte erzählen konnte.

Er war bekannt für seine spannenden Erzählungen und sein verschmitztes Lächeln, das immer dann erschien, wenn er in Erinnerungen schwelgte.

„Weißt du, Susanne", begann er mit einem geheimnisvollen Funkeln in den Augen, „alle hundert Jahre erscheint hier ein magischer Weihnachtsmarkt. So geheimnisvoll, dass selbst der Weihnachtsmann hierherkommt, um sich Rat zu holen."

Susanne, deren Augen so groß wurden, dass sie fast Platzangst bekamen, hüpfte aufgeregt auf ihrem Sitz.

„Ein magischer Weihnachtsmarkt? Hier? Wann? Wie?" Opa lehnte sich zurück, sein Lächeln wurde breiter. „So geheim, dass er nicht einmal auf Google Maps zu finden ist. Aber dieses Jahr ist es wieder so weit."

Entschlossen, das Rätsel zu lösen, machte sich Susanne auf den Weg. Mit ihrer Entenfedernjacke, die sie wie einen aufgeplusterten Pinguin aussehen ließ, und einer Sherlock-Holmes-Lupe bewaffnet, durchstreifte sie den Marktplatz.

Was sie dort fand, war allerdings zunächst nur der gewöhnliche, etwas langweilige Alltagsmarkt.

Aber Susanne ließ sich nicht entmutigen. Sie wusste, dass Magie oft im Verborgenen lauerte, wie die letzte Schokolade, die sich ganz hinten im Schrank versteckte.

∿∿

Am nächsten Abend, als die Sonne unterging und der Mond aussah wie ein schüchternes Lächeln am Himmel, begab sich Susanne erneut zum Markt-

platz. Diesmal war sie ausgerüstet wie eine echte Entdeckerin, mit einer Taschenlampe und einem Notizbuch, das so viele Geheimnisse enthielt, wie ihr Kissenbezug Schokoladenflecken hatte.

Pünktlich zu Mitternacht begann sich der Marktplatz zu verwandeln. Susanne traute ihren Augen kaum. Der langweilige Alltagsmarkt mit seinen gewöhnlichen Verkaufsständen verschwand und enthüllte einen in Glitzer gehüllten Weihnachtsmarkt.

Mit weit aufgerissenen Augen schlich sich Susanne zwischen den Ständen hindurch. Sie entdeckte Spielzeuge, die lebendig waren und Süßigkeiten, die so süß waren, dass sie Karies allein durch Anschauen verursachen konnten.

„Suchst du das Geheimnis des Marktes?", hörte sie eine Stimme. Ein alter Mann mit einem weißen, aufgerollten Bart stand vor ihr. Seine Augen funkelten vor Lebenserfahrung und Witz. Er war der Händler der Marktbude *Geheimnisse und Wunder*, ein Mann, der so viele Geschichten kannte, dass jedes Wort, das er sprach, wie eine eigene kleine Welt klang.

„Ja", antwortete Susanne mit leuchtenden Augen. „Ich will wissen, warum dieser Markt nur alle

hundert Jahre erscheint!"

Der Händler lächelte verschmitzt.

„Das ist ein altes Geheimnis, mein Kind. Aber ich gebe dir einen Hinweis: Suche nach dem Herz des Marktes. Dort wirst du die Antwort finden."

Mit dieser neuen Mission begann Susanne, jeden Winkel des Marktes zu erkunden. Sie besuchte den Stand mit den singenden Schneekugeln bis hin zum Zelt, in dem Weihnachtselfen Yoga machten.

Aber das Herz des Marktes zu finden, war schwieriger, als ein Labyrinth im Dunkeln zu durchqueren.

∿

Sie sprach mit einer Kerzenverkäuferin, deren herzliches Lächeln Susanne an ihre eigene Großmutter erinnerte. Die ältere Dame gab ihr einen weiteren Hinweis.

„Das Herz des Marktes", sagte sie, „ist dort, wo die Vergangenheit die Zukunft trifft."

„Also, wie bei einem Familientreffen an Weihnachten?", murmelte Susanne und kritzelte die mysteriösen Worte in ihr Notizbuch.

Ihr nächster Stopp war der Stand des Spielzeugmachers, dessen Bart voller Holzspäne steckte. Er konnte Geschichten von jedem Spielzeug erzählen.

„Das Herz des Marktes", flüsterte er, „findet man, wenn man die Freude der Kinder hört."

Susanne grinste und fügte eine weitere kryptische Notiz hinzu. Sie bekam Informationen von der Wahrsagerin, die so vage waren, wie die Wettervorhersage im Oktober zu den Weihnachtstagen und von einem Zuckerbäcker, dessen Lebkuchenhäuser so groß waren, dass man fast darin hätte wohnen können.

Nachdem sie noch einige andere Stände besuchte, hatte sie eine Sammlung von Hinweisen, die so verwirrend waren wie ein Puzzle mit zu vielen Teilen.

Doch dann, als sie gerade an einem Stand mit glitzernden Christbaumkugeln vorbeiging, hörte sie Kinderlachen. Es war so ansteckend, dass selbst der grimmigste Weihnachtshasser zu grinsen begann.

Susanne folgte dem Klang und fand eine Gruppe von Kindern, die um einen alten Brunnen herumtanzten. Der Springbrunnen war mit Lichtern geschmückt und hatte eine Inschrift: *Wo die Wünsche der Kinder den Himmel berühren.*

Plötzlich verstand Susanne. Das Herz des Marktes war nicht ein Ort, sondern der Moment, in dem die ungetrübte Freude und Hoffnung der Kinder die kalte Winternacht erhellte und die Erinnerung an vergangene Weihnachten weckte. Sie erkannte, dass der Markt eine Verbindung zwischen den Generationen war, ein magischer Ort, der Herzen mit Freude und Staunen füllte.

∿

Mit diesem Wissen spürte Susanne, wie eine Welle der Wärme sie durchströmte, und das lag nicht nur an dem heißen Kakao, den sie gerade getrunken hatte.

Sie eilte zurück zum mysteriösen Händler, der immer noch da stand, als hätte er Wurzeln geschlagen.

„Ich habe es!", rief sie aus, „Das Herz des Marktes ist die Freude und die Hoffnung der Kinder, die Verbindung zwischen den Generationen!"

Der alte Händler lächelte so breit, dass sein Bart zu einem Halbmond wurde.

„Genau richtig, junge Dame. Du hast das Geheimnis des Marktes gefunden und damit seine Magie gerettet. Ohne jemanden, der seine wahre Bedeutung erkennt, wäre der Markt vielleicht nie wieder erschienen."

Susanne war so stolz, dass sie beinahe die Kälte in ihren Fingern vergaß. „Aber wie kann ich sicherstellen, dass der Markt weiterhin besteht?", fragte sie.

„Indem du die Geschichte weitererzählst", antwortete der Händler. „Teile sie mit deiner Familie, deinen Freunden und allen, die bereit sind zu zuhören."

Mit einem neuen Sinn für ihre Mission kehrte Susanne nach Hause zurück.

Am Weihnachtsabend, als der Duft von gebackenen Plätzchen die Luft erfüllte und der Weihnachtsbaum hell leuchtete, erzählte Susanne ihrer Familie von ihrem Abenteuer. Sie sprach von den geheimnisvollen Händlern, den lebendigen Spielzeugen und dem Herzen des Marktes.

Ihre Familie hörte gebannt zu, und selbst ihr kleiner Bruder, der normalerweise nur zwei Interessen hatte, Schokolade und mehr Schokolade, war fasziniert. Sie beschlossen, gemeinsam den Markt zu besuchen. Als sie ankamen, war es, als ob der ganze Platz sie willkommen hieß.

Der Markt pulsierte vor Leben. Susanne empfand, als wäre sie Teil eines zauberhaften Märchens. Sie sah, wie ihre Eltern wieder zu Kindern wurden, als sie durch die Stände schlenderten, und

wie ihr Bruder vor Staunen den Mund nicht mehr zubekam.

Als der Markt schließlich seine Pforten schloss und wie ein schöner Traum im Morgengrauen verschwand, erkannte Susanne, dass seine Magie in ihren Herzen weiterleben würde. Eine Geschichte, die sie noch viele Jahre vortragen würde, eine Erinnerung, die von Generation zu Generation weitergegeben wird, genau wie die Erzählungen ihres Opas.

Was ist eine Weihnachtshexe?

Eine Weihnachtshexe, in Italien als *La Befana* bekannt, ist eine Figur aus der italienischen Folklore, die traditionell mit der Weihnachtszeit verbunden ist. Sie wird typischerweise als eine alte Frau dargestellt, die auf einem Besen fliegt und Geschenke an Kinder verteilt. Laut der Legende besucht *La Befana* die Häuser der Kinder in der Nacht vom 5. auf den 6. Januar, dem Tag der *Heiligen Drei Könige*, um Süßigkeiten und Geschenke in die Strümpfe der braven Kinder zu legen und Kohle oder einen dunklen Zuckerklumpen in die der unartigen Kinder.

Die Geschichte von La Befana ist Teil der italienischen Weihnachtstradition und spiegelt das kulturelle Erbe des Landes wider. Ihr Ursprung ist nicht genau bekannt, aber sie wird oft mit der Weihnachtsgeschichte in Verbindung gebracht, in der sie die Einladung der *Heiligen Drei Könige* ablehnte, ihnen zur Krippe von Jesus zu folgen. Später bereute sie ihre Entscheidung und zog los, um sie zu finden, wobei sie auf ihrem Weg Geschenke an andere Kinder verteilte.

La Befana wird oft als freundliche Hexe dargestellt, die sowohl für Kinder als auch für Erwachse-
ne ein Symbol der Großzügigkeit und des Festes
ist. Sie ist ein einzigartiges Element der italienischen Weihnachtskultur und wird in verschiedenen
Regionen des Landes auf unterschiedliche Weise
gefeiert.

Die Weihnachtshexe

In Valleluna, einem kleinen norditalienischen Dorf, das mehr von seinen Herausforderungen und kleinen Freuden gezeichnet war als von postkartenreifer Idylle, herrschte ein reges Treiben. Die Häuser waren schlicht geschmückt, einige mit nur wenigen Lichtern, die mehr von Hoffnung als von Festlichkeit zeugten.

Unter den Dorfbewohnern war Beatrice, ein Mädchen, dessen Liebe zu Weihnachten in diesem Jahr durch den Verlust ihres Vaters getrübt war. Ihr sonst so fröhliches Wesen war nachdenklicher geworden, und sie fragte sich, was Weihnachten wirklich bedeutete, wenn das Leben so unvorhersehbare Wendungen nahm.

Als das Gerücht aufkam, die Weihnachtshexe würde dieses Jahr nach Valleluna kommen, um den Geist von Weihnachten zu prüfen, war das Dorf in Aufruhr. Die Hexe, eine legendäre Gestalt, bekannt dafür, den wahren Charakter der Menschen zu enthüllen, war mehr als nur ein Märchen für Beatrice.

In der Nacht ihres Erscheinens, als der klare Winterhimmel über dem Dorf funkelte, trat die Weihnachtshexe in den Kreis des Lichts auf dem Marktplatz. Ihre Gestalt war eindrucksvoll, in lange, dunkle Gewänder gehüllt, doch ihre Augen trugen eine unerwartete Wärme in sich.

„Ich war einst eine von euch", begann sie mit einer Stimme, die Erinnerungen an vergessene Zeiten weckte.

„Mein Name war Elara, und ich habe Valleluna verlassen, um den wahren Sinn von Weihnachten zu suchen. Nun bin ich zurückgekehrt, um zu sehen, ob ihr die Bedeutung dieses Festes wirklich versteht."

Die Dorfbewohner, darunter Beatrice, lauschten gespannt. Die Hexe war nicht nur eine Prüferin, sondern hatte eine eigene Geschichte, eine Verbindung zu ihrem Dorf.

„Eure erste Aufgabe", fuhr Elara fort, „ist es, den alten Brunnen im Zentrum des Dorfes wiederzubeleben. Er war einst ein Ort der Gemeinschaft, des Austauschs und des Miteinanders."

Beatrice spürte eine Mischung aus Furcht und Entschlossenheit. Der Brunnen, einst das Herzstück des Dorfes, lag seit Jahren brach. Seine Wiederherstellung könnte mehr als nur eine Restaurierung eines Bauwerks bedeuten, sie könnte den Geist der Gemeinschaft in Valleluna neu entfachen.

∿∿

Am nächsten Morgen brach in Valleluna ein neuer Tag an, der die Dorfbewohner mit einer Mischung aus Vorfreude und Unsicherheit erfüllte. Der alte Brunnen, der seit Jahren kein Wasser mehr gespendet hatte, stand verlassen auf dem Marktplatz, ein stummer Zeuge vergangener Tage.

Beatrice, die sich am Brunnen positionierte, spürte das Gewicht der Aufgabe. Um sie herum versammelten sich die Dorfbewohner, einige skeptisch, andere neugierig. Der Brunnen, einst ein Ort des Austauschs und der Begegnung, war zu einem Symbol der Vernachlässigung geworden.

„Wir können das gemeinsam schaffen", sagte Beatrice, ihre Stimme fester, als sie sich fühlte. „Dieser Brunnen kann wieder ein Ort werden, der uns verbindet."

Langsam fanden sich Freiwillige ein. Sie begannen, das Unkraut zu entfernen, die Steine zu reinigen und das verstopfte Wassersystem zu reparieren. Jeder brachte seine Fähigkeiten ein, der Schmied, der Tischler und die Gärtnerin. Beatrice arbeitete Seite an Seite mit ihnen, ermutigte die Zögernden und dankte jedem für seinen Beitrag.

Während sie werkelten, begannen die Dorfbewohner miteinander zu reden, Geschichten auszutauschen und zu lachen. Der Brunnen wurde nicht nur äußerlich wiederhergestellt, sondern erweckte auch das Gemeinschaftsgefühl im Dorf zu neuem Leben.

Am Abend des zweiten Tages sprudelte das Wasser wieder aus dem Brunnen. Sein sanftes Plätschern war wie Musik in den Ohren der Dorfbewohner, ein Klang der Hoffnung und Erneuerung.

Die Weihnachtshexe, die das Treiben beobachtet hatte, trat hervor. Ein Lächeln umspielte ihre Lippen, als sie sah, wie der Brunnen und die Gemeinschaft wiederbelebt wurden.

„Ihr habt die erste Aufgabe erfüllt", sagte sie. „Ihr habt gezeigt, dass ihr gemeinsam mehr erreichen könnt als allein."

Die Dorfbewohner blickten sich an, ein Gefühl des Stolzes und der Verbundenheit in ihren Augen. Beatrice fühlte sich erleichtert und zugleich gestärkt. Sie waren bereit für die nächste Herausforderung, was auch immer sie bringen mochte.

∿

Mit dem Herannahen des dritten Tages in Valleluna wuchs die Spannung unter den Dorfbewohnern. Nachdem sie den Brunnen erfolgreich wiederbelebt hatten, waren sie neugierig, welche Aufgabe die Weihnachtshexe als Nächstes für sie bereithalten würde.

Die Hexe erschien pünktlich zum Morgengrauen, ihre Gestalt schimmerte im ersten Licht des Tages.

„Eure nächste Aufgabe", verkündete sie, „ist es, ein Fest der Versöhnung zu veranstalten. Jeder von euch soll mit jemandem, mit dem er in der Vergangenheit Uneinigkeit hatte, zusammenarbeiten, um dieses Fest zu gestalten."

Ein Raunen ging durch die Menge. Alte Streitigkeiten und verhärtete Fronten waren in Valleluna
keine Seltenheit. Beatrices Herz schlug schneller
bei dem Gedanken an die Aufgabe, doch sie wusste, dass dies eine Gelegenheit war, die Gräben in
der Gemeinschaft zu überbrücken.

„Wir können das überwinden", sagte sie laut.
„Dieses Fest wird uns zeigen, dass unsere Gemein-
samkeiten stärker sind als unsere Differenzen."

Die Vorbereitungen begannen. Beatrice arbeitete
mit Herrn Romano, dem Müller, zusammen, mit
dem sie in der Vergangenheit Meinungsverschie-
denheiten hatte. Gemeinsam planten sie die Speisen
für das Fest. Andere Dorfbewohner fanden ebenfalls zusammen, legten alte Streitigkeiten bei und
brachten ihre Ideen ein.

Die Arbeit am Fest wurde zu einem Prozess der
Heilung. Während sie dekorierten, kochten und or-
ganisierten, lernten die Dorfbewohner, einander zu-
zuhören und zu vergeben. Lachen und Gespräche
ersetzten stille Vorwürfe und Missverständnisse.

Am Abend des Festes war der Marktplatz kaum wiederzuerkennen. Lichterketten glänzten in den Bäumen, Tische waren reich gedeckt, und die Atmosphäre war erfüllt von einer neuen, herzlichen Verbundenheit.

Die Weihnachtshexe, die unter den Feiernden wandelte, lächelte zufrieden.

„Ihr habt gezeigt, dass ihr fähig seid, über euren Schatten zu springen", sagte sie. „Die wahre Magie von Weihnachten liegt in der Versöhnung und im Miteinander."

Als die Nacht hereinbrach, feierten die Dorfbewohner gemeinsam, vereint durch die neu gewonnene Harmonie. Beatrice blickte auf die fröhlichen Gesichter und spürte, dass Valleluna mehr als nur ein Ort war – es war eine Gemeinschaft, die zusammenwuchs und stärker wurde.

∿

Am Vorabend von Weihnachten lag eine besondere Erwartung in der Luft von Valleluna. Die Dorfbewohner, nun vereint durch die gemeinsamen Bemühungen der vergangenen Tage, waren ge-

spannt auf die letzte Herausforderung, die die Weihnachtshexe ihnen stellen würde.

Als die Dämmerung hereinbrach, erschien die Hexe im Zentrum des Dorfes, umgeben von einem sanften Schimmer.

„Eure letzte Aufgabe", verkündete sie mit einer Stimme, die so warm war wie das Licht der Kerzen, die die Dorfbewohner in ihren Händen hielten, „ist es, ein Lichterfest zu veranstalten. Jedes Haus soll ein Licht entzünden, um die Dunkelheit zu erhellen und die Verbundenheit im Dorf zu zeigen."

Ein leises Summen der Zustimmung ging durch die Menge. Die Dorfbewohner begannen sofort mit den Vorbereitungen, und Beatrice stand im Mittelpunkt dieser Bemühungen. Sie half den Älteren, ihre Lichter zu entzünden, und organisierte mit den Kindern eine Prozession durch das Dorf.

Nach und nach erleuchtete jedes Haus in Valleluna, und bald war das ganze Dorf in ein warmes, goldenes Licht getaucht. Die Lichtquellen symbolisierten nicht nur die festliche Stimmung, sondern auch die

neu entdeckte Einheit und Wärme in der Gemeinschaft.

Als die Nacht anbrach und das Dorf in voller Pracht strahlte, trat die Weihnachtshexe hervor. Sie blickte auf die leuchtenden Lichter und die versammelten Dorfbewohner, deren Gesichter von Freude und Stolz erfüllt waren.

„Ihr habt die letzte Herausforderung gemeistert", sagte sie, ihre Stimme voller Anerkennung. „Ihr habt gezeigt, dass das Licht der Gemeinschaft jede Dunkelheit überwinden kann. Ihr habt den wahren Geist von Weihnachten verstanden und gelebt."

Die Dorfbewohner, umhüllt von Licht und Wärme, feierten zusammen, lachten und teilten Geschichten. Beatrice stand da, umgeben von den Menschen, die sie liebte, und erkannte, wie tief die Veränderungen in Valleluna gewesen waren.

In dieser Nacht war Valleluna mehr als nur ein Dorf. Es war ein leuchtendes Beispiel dafür, was erreicht werden kann, wenn Menschen zusammenkommen und gemeinsam handeln.

∿∿

Am Morgen des Weihnachtstages erwachte Valleluna zu einer friedvollen Stille, die nur durch das leise Knistern der letzten brennenden Kerzen unterbrochen wurde. Die Dorfbewohner traten aus ihren Häusern, die Augen noch müde, aber die Herzen voller Freude.

Beatrice, die durch das Dorf ging, entdeckte die Spuren des Lichterfestes vom Vorabend. Sie sah die noch glimmenden Kerzen, die bunten Girlanden, die von den Dächern hingen, und die lächelnden Gesichter der Menschen, die sie traf. Sie sah, wie sehr sich Valleluna verändert hatte, wie sehr sie sich selbst gewandelt hatte.

Die Dorfbewohner versammelten sich auf dem Marktplatz, um gemeinsam Weihnachten zu feiern. Die Weihnachtshexe, die nun mehr wie eine weise Beschützerin denn als mysteriöse Prüferin wirkte, trat zu ihnen.

„Ihr habt alle Herausforderungen gemeistert", sagte sie mit einer Stimme, die von tiefer Zufriedenheit erfüllt war. „Ihr habt bewiesen, dass der Geist von Weihnachten in der Liebe und Fürsorge

füreinander liegt. Ihr habt gelernt, zusammenzu-
arbeiten, zu vergeben und zu feiern."

Sie hob ihren Stab, und aus seiner Spitze ent-
sprangen tausend kleine Funken, die sich in die
Luft erhoben und über dem Dorf zu einem strahlenden Sternenbild formten.

„Dieses Licht soll euch an das erinnern, was ihr
gemeinsam erreicht habt. Möge es euch in den
kommenden Jahren leiten und inspirieren."

Als die Hexe verschwand, hinterließ sie ein Dorf,
das nicht nur äußerlich durch die festlichen Dekorationen verändert war, sondern auch innerlich
durch das neu entdeckte Gefühl der Gemeinschaft
und des Miteinanders.

Das Weihnachtsfest, das die Dorfbewohner gemeinsam feierten, war das herzlichste und freudigs-
te, das Valleluna je erlebt hatte. Es gab Geschenke,
die von Herzen kamen, Lieder, die zusammen gesungen wurden, und Geschichten, die erzählt wurden.

Beatrice, die mittendrin stand, wurde zum Teil
eines größeren Ganzen, eines Dorfes, das zusammenkam, um etwas Wunderbares zu schaffen. Sie

wusste, dass die Herausforderungen der Weihnachtshexe mehr als nur Aufgaben waren, sie waren der Beginn eines neuen Kapitels für Valleluna, ein Abschnitt der Einheit, der Freude und der Hoffnung.

Liebe Leserinnen und Leser,

Während ich am Fenster sitze und das Fallen der ersten Schneeflocken beobachte, finde ich endlich die Ruhe, Ihnen ein paar Worte zu schreiben. „Hein Ennak erzählt Weihnachtsgeschichten" ist mehr als nur ein Buch für mich; es ist eine Sammlung von Erinnerungen, Träumen und der unerschütterlichen Magie, die mich in der Weihnachtszeit stets begleitet.

Jede Geschichte in diesem Buch entspringt einer tiefen Liebe zur Weihnachtszeit und den unzähligen kleinen Wundern, die sie mit sich bringt. Von der lebendigen Schneefigur, die Kinderaugen zum Strahlen bringt, bis hin zum schelmischen Elf, der uns an die Verspieltheit des Lebens erinnert – all diese Charaktere haben in meinem Herzen einen besonderen Platz.

An Sie, liebe Leserinnen und Leser, geht mein tiefster Dank. Ich hoffe, dass Sie in diesen Geschichten ein Stück der Freude und des Friedens finden, die Weihnachten so besonders machen.

Zum Abschluss wünsche ich Ihnen eine besinnliche Weihnachtszeit, umgeben von Liebe, Licht und Freude.

Mit herzlichen Weihnachtsgrüßen,

Ihr Hein Ennak

Danksagung

Liebe Ellen und Michaela,

herzlichen Dank für eure unverzichtbare Unterstützung bei der Lektorierung dieses Buches. Euer scharfer Blick für Rechtschreibung und Grammatik hat jede Seite dieses Werks verfeinert.

Ellen, deine gründliche Durchsicht und ein Gespür für Sprachnuancen haben entscheidend zur sprachlichen Klarheit und Lesbarkeit beigetragen. Du hast es verstanden, selbst die kleinsten Fehler aufzuspüren und zu korrigieren.

Michaela, deine präzisen Korrekturen und aufmerksamen Anmerkungen haben geholfen, die Texte zu glätten und ihnen einen professionellen Schliff zu geben. Dein Engagement für sprachliche Genauigkeit hat jede Geschichte bereichert.

Eure gemeinsame Arbeit hat dieses Buch zu dem gemacht, was es ist: ein sorgfältig ausgearbeitetes Werk, das seine Leser sowohl inhaltlich als auch sprachlich überzeugt. Vielen Dank für eure Hingabe und Professionalität.

Mit herzlichem Dank,

Hein Ennak

Hein Knutzen und das Hexenhaus in Niendorf Hein Ennak Krimis & Thriller & Fantasie.	Paperback. 400 Seiten ISBN-13: 9783744896009 Erscheinungsdatum: 29.08.2017	
Pit Mattes - falsche Fünfziger Hein Ennak Krimis & Thriller Band 1 von 4 in dieser Reihe.	Paperback 296 Seiten ISBN-13: 9783746099583 Erscheinungsdatum: 13.08.2018	
Pit Mattes - Kaperfahrt Hein Ennak Krimis & Thriller Band 2 von 4 in dieser Reihe.	Paperback 296 Seiten ISBN-13: 9783748129356 Erscheinungsdatum: 13.11.2018	
Pit Mattes - das Feuerschiff Hein Ennak Krimis & Thriller Band 3 von 4 in dieser Reihe.	Paperback 296 Seiten ISBN-13: 9783749482757 Erscheinungsdatum: 06.10.2019	
Pit Mattes - Havarie Hein Ennak Krimis & Thriller Band 4 von 4 in dieser Reihe.	Paperback 300 Seiten ISBN-13: 9783757812720 Erscheinungsdatum: 25.08.2023	

	Hein Ennak erzählt Geschichten und Märchen. Kurzgeschichten	Paperback 192 Seiten ISBN-13: 9783757879716 Erscheinungsdatum: 03.01.2024
	Hein Ennak erzählt Geschichten 2. Buch Kurzgeschichten	Paperback 200 Seiten ISBN-13: 9783757879716 Erscheinungsdatum: 28.04.2024
	Hein Ennak erzählt Kurzgeschichten von der Küste	Paperback 216 Seiten ISBN-13: 9783759768278 Erscheinungsdatum: 10.08.2024